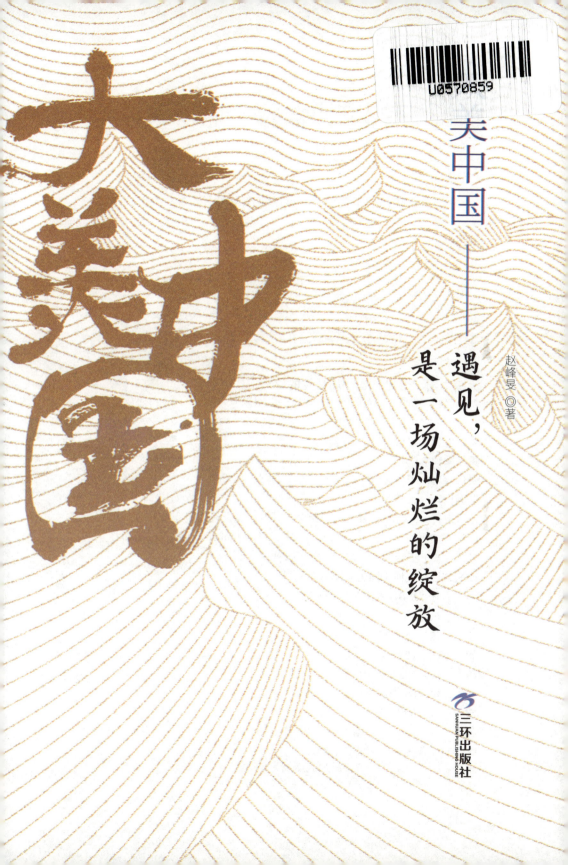

大澥中国

天中国

遇见，是一场灿烂的绽放

赵峰旻 ◎ 著

三环出版社
SANHUANH PUBLISHING HOUSE

图书在版编目（CIP）数据

遇见，是一场灿烂的绽放 / 赵峰旻著 . -- 海口 ：
三环出版社（海南）有限公司，2024. 9. --（大美中国
）. -- ISBN 978-7-80773-326-3

Ⅰ. I267

中国国家版本馆 CIP 数据核字第 2024YQ8786 号

大美中国　遇见，是一场灿烂的绽放

DAMEI ZHONGGUO　YUJIAN, SHI YI CHANG CANLAN DE ZHANFANG

著　　者	赵峰旻
责任编辑	张华华
责任校对	宋佳昱
装帧设计	吕宜昌
出版发行	三环出版社（海口市金盘开发区建设三横路 2 号）
	邮　编 570216　邮　箱 sanhuanbook@163.com
社　　长	王景霞　总 编 辑 张秋林
印刷装订	三河市同力彩印有限公司
书　　号	ISBN 978-7-80773-326-3
印　　张	13
字　　数	150 千字
版　　次	2024 年 9 月第 1 版
印　　次	2024 年 9 月第 1 次印刷
开　　本	690 mm × 960 mm　1/16
定　　价	68.00 元

遇见，是一场
灿烂的绽放

目 录
Contents

静默千年华清池

　　读白居易的《长恨歌》全篇，所念念于心的是"春寒赐浴华清池，温泉水滑洗凝脂。侍儿扶起娇无力，始是新承恩泽时"。字里行间，缱绻柔情，蜿蜒缠绵，令我看不到尽头，沉吟至今。

　　循着华清池的踪迹，我来了。在她面前，我仿佛触摸到了历史跳动的脉搏。踏足华清池大门内，湖中央，半披浴纱、足踩温泉水的杨贵妃雕塑，清丽脱俗、风情万种、我见犹怜，由不得你不去探寻她的前世今生。

　　南依骊山，北临渭水的天然温泉华清池，依骊峰山势而筑，回廊环绕，红柱挺立，雕梁画栋，楼台馆殿，遍布骊山上下。这里山是绿的，水是绿的，天是绿的，地是绿的，一切绿得让人心醉。

　　在华清池畔正面看骊山，虽蜿蜒连绵，

但并不峭拔，它宛如一条沉睡千年的长龙横卧在我们面前，这样的山形被风水学喻之为龙脉，具有王者之气。难怪周、秦、汉、隋、唐历代封建统治者，都在这块风水宝地上砌石建宇，兴建行宫别苑。

这不，周幽王来了，修筑了"骊宫"；秦始皇来了，修建了"骊山汤"；汉武帝来了，建成了"汉骊宫"；唐太宗来了，修筑了"汤泉宫"；唐高宗也来了，再建了"温泉宫"。到唐代第七位皇帝唐玄宗李隆基来了，就不想走了——因为有个杨玉环而不想走了。为了这个绝代美人，他在前朝宫殿的基础上，环山列宫殿、宫周筑罗城，修建了登山夹道和通往长安的复道，将长安的"大明宫""兴庆宫"连为一体。新宫落成，李隆基赐名"华清宫"，后因宫内多温泉浴池，又名"华清池"。

"高高骊山上有宫，朱楼紫殿三四重。"清风暖阳下，富丽宏大的建筑群，从山顶至山下，宫殿林立，楼阁相属。宫内置百官衙署及公卿府第，新修有玄宗皇帝专用的"御汤九龙殿"、杨贵妃沐浴的"海棠汤"及供百官公卿沐浴的"尚食汤""少阳汤""长汤十六所"，使华清池成为我国罕见的大型温泉池。于是，有了"天下温泉二千六，唯有华清为第一"之说。还有郭沫若"华清池水色青苍，此日规模越盛唐"的著名诗句。

"汉皇重色思倾国，御宇多年求不得。杨家有女初长成，养在深闺人未识。天生丽质难自弃，一朝选在君王侧。回眸一笑百媚生，六宫粉黛无颜色。"据说，杨玉环出生在陕西华阴，随父入川，受都市文化熏陶，性情温婉，举止优雅，17岁便出落得如花似玉、美若天仙。

杨玉环被册封为贵妃，从此"后宫佳丽三千人，三千宠爱在一身""门外千官罢早朝，三郎沉醉不知晓"。唐玄宗为她扩建了"温泉宫"，建了"海棠宫"。每日里"骊岫飞泉泛暖香，九龙呵护玉莲房"，杨贵妃在这里荡涤尘垢，享受着温泉赐给她的尊贵、温暖与惬意。

杨贵妃 36 岁生日时，唐玄宗为她举行了盛大的宴会祝寿，仅乐工就有 120 名，场面极其壮观。"缓歌慢舞凝丝竹，尽日君王看不足。渔阳鼙鼓动地来，惊破霓裳羽衣曲。"华清池畔，日日笑语、夜夜笙歌。在唐玄宗眼里，玉环是当世最美的女子，又和他一样精通音律。可见知音对唐玄宗而言有着磅礴难挡的魅

力，更何况爱情的魅力还远远不止于此。

华清池出土时，发现了唐玄宗赠送给杨玉环的爱情礼物，在池中间的一块贵妃沐浴时所用的条石上，还清晰地刻着"杨"的字样。在"莲花汤"浴池中间有个进水口，汉白玉雕刻的莲花底座上接有莲花喷头，下接陶水管，与泉水源头相通。可想而知，当年唐玄宗和杨贵妃共洗鸳鸯浴时，水从莲花口中喷出，飞珠溅玉、水雾漫起，柔情蜜意也弥漫了整个华清池。

"莲花汤"是李隆基沐浴的地方，李隆基是个狂热的道教徒，他希望通过沐浴与天相连。在清泉、莲花的护佑下，求得一种解脱、一种升华。所以"莲花汤"造型奇特，上下两层台阶的造型不同，上平面四角呈写实的莲花状，下平面为规则的八边

形,"八边"代表着大地的八个方位,取"普天之下,莫非王土"之意,莲花的设计则在大地八极之上,完全合乎根植于大地、花浮于水的自然规律。通过水、土、花、天、地、人、自然与宗教的整合,沐浴与自然的沟通,从而实现延年益寿、长生不老,"天人合一"。

"七月七日长生殿,夜半无人私语时。"唐玄宗与杨贵妃曾在骊山半山腰的长生殿前相依而立,仰望星空,羡慕牛郎织女的多情,伤感人世间的多变,于是双双跪地对天盟誓,愿生生世世不分离。因此,莲花池设有两个进水孔,同时设有双莲花座,池岸周围有双排石础,这些双孔、双座、双排有着并蒂莲开的寓意,应和了唐玄宗和杨贵妃"在天愿作比翼鸟,在地愿为连理枝"的誓言。

然而,闲看花开花落,王朝更替,如花美眷,似水流年。杨贵妃也如大多数美女一样,终究躲不开命运的纠缠。借着"骊山语罢清宵半"的好辰光,这个"祸国"的女人,在安史之乱之际,与唐玄宗逃至马嵬坡前时,由于将士相逼,不得不被玄宗赐死,当时她才38岁。

昔日里还是"缓歌慢舞凝丝竹,尽日君王看不足",转眼间竟已"九重城阙烟尘生,千乘万骑西南行"。只落得马嵬坡前"一掊黄土收艳骨,数丈白绫掩风流"。

至此,一场惊天动地的"忘年恋"始于骊山,成于华清池,殒于马嵬坡。

"开辟鸿蒙,谁为情种?"山盟虽在情已成空。开元盛世,皇图霸业转眼成灰。

弹指间,华清池已静默千年。

昔日的皇宫禁苑，天子御汤，今日已成为融风景园林、文物遗址、温泉沐浴于一体的综合性的旅游胜地。

离开时，正是华灯初上，所有建筑都被动感彩灯照射得扑朔迷离。华清池内的九龙湖恍如骊山脚下历史留下的一面镜子。当大型水上舞台缓缓浮出九龙湖水面时，《霓裳羽衣舞》又将演绎曾经怎样的繁华？

笔墨西溪

　　有人说，先有西溪，后有东台。西溪，千年古镇，东台之根。淡墨描绘过的西溪，白墙黛瓦，古意拙朴，成就了它墨色的底色，在人们心里长出草来，开出黛色的花来，永久地定格。

　　来过这里的人都知道，老成持重的西溪，沧桑肃穆，斑驳的墙壁，似它风霜岁月的一层老茧；墙顶的荒草，似它仙风道骨的几缕胡须；浅浅淡淡的青苔，则似它在磨难中长出的老年斑。

不过，正是它两千多年来素面朝天不变的本色，才成就了完美的西溪。

走近西溪，第一眼就会发现它的花冠——董永七仙女文化园。"西溪胜境"四个大字金光灿灿，成为它光鲜宽阔的额角，牌楼两侧四副楹联情景交融，唐塔、泰山寺、晏溪河、犁木街、范公堤、古八景古韵犹存。北宋三重臣、七仙女、接踵商贾风雅千年。

石板铺就的路连缀着西溪每一条或长或短、或窄或宽、或直或弯的小街。三里路、犁木街、通圣桥、泰山寺、八字桥、海春轩宝塔都是西溪斩不断的根、割不了的筋。不管是谁，只要走进这些小街小巷，踏响每一块发亮的青砖，就会唤醒许多尘封的故

事，就会生出许多悠长的遐想，就会披满一身古色古香。

西溪有的是江南柔情的雨丝，有的是雨丝下打伞的姑娘，有的是"诗词大道"落地景观灯箱上历代文人墨客吟咏西溪的二十四首诗词。一路徜徉，吟诵，不知不觉就会变成一束江南的丁香，自然而然就成了戴望舒笔下古巷里丁香般的姑娘。不过，走走停停、寻寻觅觅，哪一寸秋波才能打湿你爱情的梦想？哪一泓秋水才能漫进你温柔的梦乡？

若是往深处走，也许答案就有了。木阁、绮楼、回廊，临街那青瓦白墙的屋檐下，打开着一扇扇木格古窗，一个个大开的店门上，花开、鸟鸣、蜂飞、蝶舞、鱼游，还有蔬菜、庄稼、家禽，都在上面自由地飞翔和成长，西溪人将智慧、荣耀和一生的梦想都刻在了上面。

西溪的故事更是一口打捞不尽的历史深井。太子佛广场上，高高耸立的太子佛铜雕，源自佛教典籍《本行经》"九龙灌浴"佛教始祖释迦牟尼佛。每年四月初八，泰山寺定期在这里举行九龙灌浴法会，当梵音萦绕的时刻，周边的九条龙为太子像喷水灌浴，古今交融，与整个街道浑然一体。人们在音乐声中向佛祖祈祷和平，祝福安康。

由此，不管怎么看，这条街都有几分平淡、几分儒雅、几分绅士、几分温情。购物的店铺、休闲的场所、美食的天地，都在不经意间透着一种平和、一种文气。不知是家家都种着花养着鸟，还是个个都识点文、断点字、有点见识，时光和岁月就是遮不住西溪人淡淡的书香气。是什么呢？或许是家家门前挂着的那盏红色灯笼，或许是店铺里坐着巧笑倩兮看过往的行人的姑娘，或许是三三两两穿过犁木街走过通圣桥捧着香去泰山寺听梵音吟

唱的西溪人。

　　"谁道西溪小，西溪出大才。参知两丞相，曾向此间来。"是的，西溪出了不少人物。董永七仙女来了，年年从这条路上走过，天上人间、七夕相会。范仲淹、吕夷简、晏殊都向这里走来，煮海为盐、呕心著述。这条路留下过他们的足迹就够了，足以让西溪人骄傲了。

　　那么，留下来，留下来你就会是西溪故事里的一个人物，一个情节或一个段落。

滩涂生长

有女如花似玉，养在深闺，与风月为邻。曾经，宁愿选择羞涩。浅淡笑对那些邻家追逐的笑靥，含蓄直面自家门庭的落寞。

说是落寞，其实也不显落寞。滩涂，秀色可餐的女子，静若处子，穿越千年时光隧道，从岁月深处款款走来，惊鸿一瞥，就聚散了许多秋波、许多回眸、许多怀想。

有女天生丽质，资质聪慧，拥涛声坐怀。曾经，宁愿选择谦卑。和悦笑对邻家照壁散发的风采，自尊直面自家檐下的清冷。

说是清冷，其实也未必清冷。滩涂，健康向上的女子，蕙质兰心，每年以85千米的速度，从大海深处渐渐长成，拂袖迎风，是应该聚合许多追随、许多依依、许多难舍。

或许是不解风情？或许是不事张扬？是，又不是！滩涂，背靠长江，怀依黄海，怪不得那女子珠圆玉润，风姿绰约，总能惹得有缘人万般怜爱。

也不怪她活力勃发，魅力持久。从西汉的吴王刘濞立国广陵，煮海为盐，雄踞淮扬，到北宋范仲淹修建范公堤，拒海保田；从20世纪初实业家张謇组建公司，废灶兴垦，一天又一天，一年又一年，滩涂湿地在慢慢展开，渐渐延伸，直到渗透到大地的肌肤、血脉，甚至心脏。滩涂，太阳下贴着大海的潮声在成长。直至长成 156 万亩连陆滩涂，十年内围垦一百万亩，江苏第一围，好大的大园子啊！如今是天生丽质难自弃，明眸皓齿、面若桃花，更加明艳动人。你看，丹顶鹤、白鹭头顶诗意翱翔，红红的盐蒿、雪白的芦苇、毛茸茸的盐巴草，甚至奔放的野菊花都在园子里长得那样欢畅。

祖传了客来皆为宾的习性，风电场、光伏、海藻炼油这些陌生人都来家做客，幢幢高楼拔地而起，宾馆、别墅、厂房平地而起。上好的菜蔬、水果一年四季不断。在黄海森林公园、永丰林生态园等生态湿地公园里"游、购、娱、吃、住、行"一应俱全。爆炸瓜、甜菊糖，甜透大江南北。鳗鱼、沙蚕、贝类、紫菜产业

化生产，漂洋过海。来了，胃口一定大开，要是某日在哪个城市的餐桌上见到似曾相识的熟悉"面孔"，也许会心存疑问，谁家的美味最是甘美悠长？不用问，那是故乡的菜园子、果园子登上了都市的殿堂。

滩涂，肩负苍茫，胸怀坦荡，怪不得那女子睿智如歌，总能博得远近知音的倾慕。

也难怪，家里有座好塔叫海春轩，是千年前的定海神针哦。那塔，秀甲远近，奇冠四方，雄绝西夷，丽媲天下。

还有董永七仙女的美丽传说，老槐树、缫丝井的历史渊源，坐得秀、奇、俊、丽还不算，还有那上接万仞云空、下连千里滩涂的大风车，呼风唤雨，蔚为壮观。泰山寺、九莲寺、弶港龙王庙，历代大德高僧踏足云游，浑厚开智。西溪、犁木街、运盐河、金钗井、通圣桥、八字桥，范仲淹、吕夷简、晏殊，煮海为盐，呕心著述。缘此，东台人德智过人也是当然。来家小坐或小住，你一定会心智豁然，也一定会把一声感叹留在这里，长江黄河永远在奔腾，滩涂湿地在无限延伸，总算知道什么叫天高、什么叫地厚！滩涂，闻海听涛，目极八荒，怪不得那女子幸福如歌，总能让鸟儿在她的怀里自由飞翔。

也难怪，海耕海植的原生态渔港敞开着像大海一样的坦荡胸怀，原来，滩涂是海的一部分，涨潮时与大海浑然一体，水天一色，悠远辽阔，惊涛拍岸，长河落日，豪放壮美。退潮时，裸露出经年的风霜，那弯弯曲曲的港汊、星星点点的渔舟、绵延无际的沙滩、风中飘摇的紫菜、碧波上荡漾的渔排，随着潮水的涨退，变幻着无穷的组合，迎迓你的到来。

于是，大滩涂上就有了"港城、港区、港口"三港联动。"东

方湿地之都，绿色产业之地，海滨风光新城，休闲度假乐园"，乐意在滩涂怀里安家落户。"东方湿地，生态家园，黄海明珠，全国百强"的城市名片被掘宝的滩涂擦得锃亮。

说市也对，说城也对。滩涂是一方乐土上悄然矗立的海边小城，坦坦然然演绎着渔村、渔港、港城的万种风情。

在画面是劳动的杰作，是锦绣的编织，是滩涂的诗行。在眼里是阶梯，是天堂。

海潮初涨，淡淡的云影波光粼粼，交织、叠错、晃悠，点缀着舟影、人影，仿佛天界，合十祈福，父老乡亲带上希望梦走上天阶，憧憬家园，建设天堂。

如此说来，滩涂是足以令人向往的了。滩涂，家住"大东台，金东台，美东台"，待字闺中，一汪黄海水，一根定海神针，一百多万人的小城，原原本本地诉说着小城滩涂掘宝的神奇故事。挑得金龟婿，嫁得如意郎！

中原问祖

一条河流像条巨龙，从巴颜喀拉山上挟石带沙，摧枯拉朽，咆哮而来，潇洒地拐过了一道道弯，随着岁月的流逝，悄然远去。泥沙冲积，累了就停下来。于是，弯内留下了一个个大大小小的土包，仿佛被烈火焚烧过一样，一色的黄。

一群人，黄皮肤、黑头发，在河南岸，靠崖凿洞，过起了穴居生活，慢慢地，种下了庄稼，种下了村庄，同时，也种下了无数的子孙。

于是，弯月散晓星，晨烟伴鸟鸣，浑厚的歌谣在山包间响起。

一年又一年，一天又一天，鲜花，野草，树木，在黄土地里欢快地生长。

终于，他们的子孙遍布华夏。

有一天，幼小懵

懂的小女孩傻傻地问她的外婆，为什么自己的小脚趾甲是两瓣的呢？自幼熟读诗书的外婆自豪地告诉了她：老祖宗说啊，因为你的祖先是河洛人！那个小女孩就是小时候的我。

河洛是哪里？炎黄又是谁？我从哪里来？哪里是我的根？这样的问题一直困扰着我的童年、少年时期的情感，以至于做梦都想去寻找答案。

长大后从书本上才了解到，河洛原来是一个地域概念，就是辐射那条河南岸的黄河中游和洛水流域的广大地区，狭义的中原地区，黄河之南的河南。

以中岳嵩山为象征的河洛地区，具有得天独厚的自然地理条件，在中国古代文明起源与发展中具有重要的地位。周成王时的何尊铭文就称河洛为"中国"，意为天下之中。

那么，作为一个黑头发黄皮肤的中国人，所有的包括我在内的炎黄子孙对它又有多少的了解？积淀于中原的历史文化有多厚？发祥于中原的华夏文明有多久？扎根于中原的中华祖根有多深？

这些书本上早有粗略的文字记录，然而只给了我中原历史文化的想象空间。在这个空间里，似乎缺少些使人信服的东西。

是该走出去看看了。

时光终于让我在这一天，与千年帝都、牡丹花城，丝路起点、山水洛阳有了一次传神的回眸，一次今人与古人的心灵交集。

国庆假日期间，带着这样的疑问，带着孩子，踏着祖先走过的路，来到黄河之南，寻找他们留下的印迹，寻找数千年凝固的历史文化具象。

　　瞬间的擦肩有种时光倒流之感。路边那些高高的黄土坡上布满了大大小小的，早已无人居住的窑洞，这些窑洞，哪一座才是我的先人居住过的呢？

　　时值仲秋，胀满的绿色却依然掩埋了洞口，我的眼睛却没有丝毫的闲暇，生怕一眨眼，就会错过这一生只能相遇一次的风景。到处搜寻的目光被胸中的热浪灼得滚烫，一下子烫醒了脚下的这片大地。那一刻，在情感深处，撞开一扇隐蔽的门，有了共鸣的节奏，感情这道门也自动开启了，恣意流向洛水，汇入奔腾咆哮的黄河。

　　在这里，我知道了我所看到的每一片残砖断瓦后面都有一个生动的故事，每一截城墙遗迹都有一段沧桑和辛酸，每一座庙宇古墓都有一些神秘的传说，每一个石窟窑洞都留有先人脉动的气息。同时，有我皆熟知的，有鲜为人知的，也有无人问津的。

在它们面前，我感觉到了中原历史沉重的呼吸；触摸到了中原历史跳动的脉搏；听到了中原历史前行的脚步声。

一种最质朴的情感，一种不假思索的内心倾向，时刻拷问我为什么要到这里来？

因为在中国 5000 年的历史进程中，古代的多元人类文明，辉映着黄河流域。各种古文化，汇聚于中原地带，形成众多部族，成为中华民族的主干。因此那时的中原，就居于华夏文明的核心地位。

世界人类历史上有四大文明体系，华夏文明即其中之一，也是唯一没有被中断且一直延续下来的文明。而它的精髓，就在中原。

一路上导游告诉我们，时下有许多华人来到中原寻根问祖，

也有人为自己的小脚趾甲是两瓣的是哪里人而产生争议，听说历史上有过几次大的迁徙，有人小脚趾甲两瓣的人是出自山西洪洞县大槐树下大迁徙的移民之说，但史书上还有记载是出自河洛之说，不过我想：无论怎么样，我们都是同宗同祖。

我们国家的地域、历史文化，还有生活在这片土地上的人，是我们每个人赖以生存的根基，无论是文化上、心理上还是幸福情感上，我们共同生活的国家都同我们有着息息相关的联系，我们唯有从它的身上才能找到确定的身份认同，以及最终的归属感。换句话说，我们就像是共同生长在一株参天大树上的叶子，无论根随枝脉延伸到多么广阔的天空，生命之源都是那扎在大地上的根。

踏足中原，更加明白中原地区正是华夏文明的发源地，带着对华夏文化的崇敬之情，我领略到了伏羲、炎黄二帝、神农氏等中华民族的造世始祖文化的博大精深；知道了这里曾走出过仓

颛、鬼谷子、张仲景等开创华夏文明的大师先贤；集历史文化之大成的中国四大古都举世闻名、震惊世界。

时光在流逝，大陆在漂移，生活在变迁，唯一不变的是文化更能源远流长。时下人们可以购买到的东西越来越多，能够进入生命的东西却越来越少，一路走来，这些和我们生命出处有关的事物，恰恰能够进入我们的生命，丰富当下的生活。文化的召唤，让心灵浮躁的我们得到了片刻安宁。我们就像漂在一片清透澄澈的湖上，突然看到了自己的影子，静静地照在了湖心。我们得以厘清心头纷繁的欲望和念想，继续上路。

一个人去远行

七月行书

　　时光在一盏灯火的隐语里尖叫，放下案头文字，远离尘世烟火，背上行囊，选择一个人冗长的旅行，去寻找内心失散多年的禅音。

　　鸣笛、起锚，船缓缓地一路向东，向着太阳升起的地方前行。此刻，我像一株植物被连根拔起，扔进海洋航行者号，交给海水去丈量内心的距离。

　　阳光躲进云层，给对方一个逐渐盛开的理由，一朵云与一片云相继给大海投下斑驳的阴影，海面立时像一块灰黑色的幕布，闪着丝绸般的光泽。

　　把视线投向远方，仍然能感觉到阳光的穿透力。海面平静得让我有种绵绵的渴望。就这样，腾出一朵云，让七月安好，禅意无边。

　　如果说海面是一条漫长而崎岖的大道，那么，此时此刻就让我沿着它的轨道滑行，任自己的影子随意飘向远方漫无边际，飘向比远更远的遥远。

坐在海水中

读着流水，读着夜色，游轮披星戴月，渐行渐远。站在甲板上，瞬间有了一种被切割的疼痛，远方的风景，真的能让我放下世俗，彻底皈依吗？

海洋航行者号，这艘不肯停歇的船像一头勤快的水牛，载着迟钝、疲乏、快乐、悲伤不断向前，默默地驶向未知。它带着我的烦恼，带着我的忧伤慢慢消失，从黄海之滨的小城到繁华的大都市天津，再乘国际一流的皇家加勒比豪华游轮到海的彼岸韩国。一路裹着洁净咸湿的风，闻海听涛，心潮与波涛此起彼伏。

站在观景台上，我静静地倚着船舷，看着大海吐着泡沫，溅起白色的水花，一圈圈、一层层地漾开来。我、时光、大海三

者渐渐融为一体，汇聚成一汪东逝水。我慢慢渗透自己，先是思想，然后是洁净的灵魂。一切归于寂静，一切归于淡然。

我也终于相信这水是从天上而来，是天上注下的一盆蓝墨水，渐渐渗透到了大海中。

我喜欢这样的一种色彩，这样的一种氛围，因为这样我可以抛却一些虚无缥缈、乱七八糟的东西。可以放下怀念，面朝大海，与鸥鸟海风倾诉。再从海水中打捞记忆，与仰望保持一定距离，去为思想淬火。

一条游弋的鱼跃出水面，一路向西，天空一片湛蓝。

坐在水中看海，仿佛海水就在脚底下，平静、干净、美好，而电视上看到的飞机坠落，两个中国女生遇难的消息，让我不能承受生命之重。此刻，多么渴望海水慢慢上涨，漫过我的脚尖、膝盖、大腿、腰际，直到头顶。

午夜咖啡厅

午夜，一群寂寞的人忧心忡忡地坐在咖啡厅里，听着吉他不疾不徐的旋律，就着一杯咖啡或冰水，吃着比萨、三明治、汉堡，每个陶醉的笑脸都是松弛的、温柔的、可人的，都有天使般的纯净，时光如此静好，我将他们深置于心。

洒了一脸阳光的小伙子，弹着吉他、扬着脸，歌声像磁铁，一首首怀旧的老歌《你的背包》《苦咖啡》《爱情的滋味》……一会儿缠绵温情，一会儿抑郁沧桑，像暗夜吐出的一根舌头，舐着潜藏在华服下的伤口。

游轮上自动断了信号，手机寂寞地躺在房间睡觉，我终于淡然放下世俗的一切，归于宁静，内心得到平和，找回失落已久的自己。此刻，我真想成为每个人手中一杯暖心暖胃的咖啡。

一朵花在我们的欢呼声中，突然开了，它开在我们心口，开在人们的眼前，开在寂寞的夜里。

眼里有液体莫名地涌出来，咸咸的、涩涩的、苦苦的……原来，从夏蝉鸣叫到雪花飘飞，千帆过尽，一颗颗漂泊已久的心，一直都在寻找一个停靠的码头。

好吧，就在这里了。在这里，就让自己成为大海里的一滴水，清晨看逗留在云中的太阳升起，夜晚看着银盆般月亮的脸与鱼同眠。或者就做大海小岛上的一块石头，从韶华年茂，到眉宇沧桑。翘首看涛走云飞，日复一日；俯首听鸟叫涛鸣，千年万年。

冰上芭蕾

在海洋航行者号的二楼溜冰场，我与一群飘飞的蝴蝶相遇。这里并非悬崖，也无百丈冰，这是夏日冰上的一束阳光，是东海夏日炫美的彩妆，是冰对温暖热切的向往，是从海里打捞的一颗颗夜明珠，是燃在午夜人群眼睛里的一场烈火。

这些花仙子从纬度开始，伸颈、展翅、回旋，像箭矢一样向经度纵横，在花瓣里奔腾，然后盛开在相机的取景框里，盛开在午夜茫茫的大海里。

一个女人高举着太阳，走进的是情怀，走出的是火热。掠过一道道优美的弧线，她找到了冰上芭蕾的支点，将梦举在云端。

当所有的视觉，被定格于时空下的掠影里，听觉圈在脆脆的冰凌里的时候，心跳失去了节律。

鼓点阵阵，一声一声敲击着旅人的心。时间与我隔着海洋，辽远的旷野里，向着冰、向着远方的丛林，一声一声，唤醒季节、唤醒一个个古老的传说。

皇家大道

一汪海水中，月亮一头扎进去洗澡。缘分有如一粒种子，一阵风吹过，把人们纷纷从四面八方吹到海洋航行者号上，再吹到皇家大道。

皇家大道每一个停歇的小站，都有醉人的歌声和美酒。老船长、水手、乡村音乐、摇滚歌星、名牌手表、名贵化妆品、比萨咖啡、诗歌香槟酒，品牌店酒吧错落有致。美国乡村歌曲、西部情歌，拥有多少异域风情、多少清新。

担担面，一个高大帅气的汉子，海洋航行者号上的娱乐总监，来自美国西雅图的主持人，和来自中国武汉的美女主持人莲达，早早地聚在这里，他们口若悬河，用妙语连珠的"绳子"将人们串联在一起。

在孤独里浸泡太久的人们，正载歌载舞，敞开心扉，进行一场生命的大欢悦。魅影中，掌声飞扬，絮语飘飞，时尚、潮流、靓美，纷至沓来，到处流露出真性情。

十四楼的游泳池，二楼的珊瑚大剧院，五楼的音乐厅，亲密相依，来自二十七个不同国度的人们，心与心真诚交换。没有了语言隔阂，没有了地域国籍，没有了彼此的伤害，没有了语言的锋芒，没有了虚情假意，到处流露出真性情。

五彩缤纷的香槟酒，燃烧去淡淡的苦涩。在这里，人们成为一棵棵大大小小的树，枝丫相触，叶脉相连。期待落地生根，开花结果，天长地久。

龙头岩

弱水三千，背上行囊的过客，借着水光山色，眼里早被亘古而来的你所吸引，伫立在你面前，谁说你是 200 万年前熔岩喷发后冷却形成的岩石，阳光下的你分明是一帧龙的剪影。

传说中，不甘在海底龙宫终此一生的你，一心想要升天，但汉拿山的玉珠让你被箭射中，饮恨海边，变成了龙形巨石，一颗不甘堕落的头颅就此高昂在海面上，望天兴叹。

海和天空静默无语，身着白衣的海女潜入水中，溅起浪花朵朵，引来鸟鸣声声。

一些笑脸相迎，问我从哪里而来。不过，我，你是认识的，因为我们同宗同祖，一脉相承，而你从来就是龙的子孙。

静默中，你每天翘首仰望，守望一个梦想，我怎么可以读不懂你一行行的脚印和诗句，一个个动人的故事和传奇，交织着爱与恨的沧桑，血与火的洗礼，践踏下的呻吟。

历经风雨，如今，你以另一副面孔呈现在我的面前，像一个受了委屈的孩子说不出话，和我打着暗语。

作为龙的传人的我，在摄影里驻足，在诗文中求索，在词典

里考证，原来，你的名字与你的形象一样豪气干云。

　　而今，远赴重洋的我，只是为了看你一眼，而后仗剑天涯，与诗酒一起飘零。

李舜臣将军

　　从地平线往上，顺着长长的一排排石阶，拾级而上，你与你身后百米高塔一起，被现代阳光擦亮。

　　遇见了你，我才知道，原来仰望的高度就是信仰的高度。面对邪恶，你从来都不会俯首，从出身于没落士大夫家庭走出的你，学富五车、能骑善射、刚直不阿，32 岁时武举登科，叱咤风云，操练水军，构筑防御阵地，铁甲战舰龟船，曾让多少日本侵略者闻风丧胆。

如今，习惯了太久太久的沉默，是否因为没有人看见你曾经的壮烈而变得更加沉默。

蓝天白云下，你一身戎装，带着信仰，揣着崇高，英武不减，须仰视才见。

走着走着，四周就开满白色的花朵。穿过一些绿色，一些记忆从我的脑海里蹦出，描着你身边的速写。

归　航

山之畔，水之上，从海的这端向海的那端，海洋航行者号驶在一条返璞归真回家的路上，将我从苍茫驶向苍茫，从未知驶向未知。

海水拥挤、豪放，但不喧嚣。济州岛漫野的绿色，让我再次读出风的力度，读出山的起伏，读出水的浩荡。

在梦里，我躺在大海怀里早已将天上的星星数遍。时光在一点点沉没，而不沉的心正击穿遥远，抵达故乡。

一声汽笛将我唤醒。我知道，明天我就要回到黄海之滨的小城工作、生活、码字。从明天起，我就要从梦中回到现实，关心粮食蔬菜，每天遭受日光的暴晒、眼光的鞭打、月光的折磨。

真的不想再往前走，我只想做海里的一尾鱼，无忧无虑、自由自在，把自己放逐。但这些都是不现实的。

　　十四楼的旗帜猎猎而动，直指天空。三楼珊瑚大剧院里的歌声，缠缠绵绵，再次滑过枕边，飘过大海，打湿辽远的天空。

　　亲爱的朋友，你和我一样，都是大海和海洋航行者号上的匆匆过客，今生我真实与你们邂逅，拥有过一段美好时光，就不后悔。

　　一次远行让我真正懂得，一个人只是大海里的一滴水，只有融入集体，才能拥有海纳百川、包容一切的气度情怀。越过千山万水，我知道了什么才是天长，什么才是地久，什么才是自己最想拥有的。走遍天下，阅尽沧桑，原来最爱的还是自己的祖国。

　　亲爱的朋友，如果再次与你在这里擦肩，这将是苍天给我最幸福的眷顾和恩赐。

城市天空

　　时光搅得青岛这座海滨城市激情四射，蝶舞花开，姹紫嫣红，浪卷千重雪。

　　轻轻地，幽幽地，不惊扰那层浪花，不打扰一帘春色。衣袂飘飘的女子，循着辞赋的韵脚娉婷、婉约，带着淡淡的愁韵走来……

　　走进久负盛名的青岛八大关，走进康有为、老舍、梁实秋等

名人故居，走进《骆驼祥子》那幽深凄惨的境界中，走进一个民族的历史文化典籍里。

栈桥影廊朦胧如画，世界第三的胶州湾跨海大桥伟岸雄奇，第二海水浴场浪花飞舞，涛声震天。中山公园的樱花粉的似霞，白的似雪，在一片烟雨迷蒙深处，多情地向我摇曳！

闻着它清新的气息，触摸着它的肌肤纹理，走过每一条大街小巷。虽是多次光临，但我依然被这座城市的整洁、安静、雄浑、壮美和墨香书卷气所感染。老城区的红瓦绿树，碧海蓝天；新城区高楼林立，时尚现代。一路心语如歌，也不枉这人生桐花万里。

樱花雨

　　一夜听雨，枕梦。清晨，开门，推窗，雨止花谢，落英缤纷。与朋友约好这一天去崂山，可是，外面大雾弥漫，天空黑着一张脸。想起昨日春光明媚，今儿却被不可抗力打碎，顿有悲戚幽怨之念。

　　人生最美的不是梦境，而是山水迢递间那种朝思暮想。上次来青岛，导游说海面浪高，崂山发大水，没能成行，至今还耿耿于怀。也许人生注定有好多巧合和不尽如人意，此次崂山之行能

否成行，心里有种不祥的预感。果然，朋友来电话说，崂山有大
雨，上山不安全，心里立时沉重起来，也许崂山注定与我无缘。
于是，悻悻地穿过重重叠叠的樱花长廊，来到中山公园看樱花。

　　仿佛是应约赴一场熙熙攘攘的花雨，粉白的花在空中打着
旋儿，画着一条条优美的弧线，转眼间归依尘土，零落成泥碾作
尘。三三两两的情侣像一对对美丽的蝴蝶在开满樱花的树下摆着
姿势拍照。我穿行于花间，偶尔羞答答地请帅哥帮忙，在樱花树

下拍张照片，幸好每次他们都很乐意相帮。

　　花自飘零水自流，由绚烂到落寞，穿过一季节，只有香如故。纷纷扬扬飘落的樱花，像这个季节的絮语，把一个人的孤独深深地嵌入每一寸肌肤，把某种情愫，青藤般静静地攀在苔迹斑斑的古墙上。

　　此刻，心也像这些花一样，七零八落，孤独的情愫，如早年的伤痕，逢雨天，潜生暗长。把自己交付给风景，渐行渐远。

太平山

　　人到了某种境地，也只好不变随缘，随缘不变。

　　在中山公园深处的一个亭子前，放着一个广告牌，一旁的喇叭也在扯开嗓子，大声地招徕顾客，乘索道上太平山，双程八十，不仅可以尽览全城风光，还可以一睹崂山风采，太有蛊惑力和感染力了，刚刚因为没去成崂山的失落情绪立时又升腾起来。我问卖票的大姐，记者证是否可以免票，她说："不可以。"于是掏出 80 元给那女子，然后，一个人勇往直前、义无反顾地走向索道，山风呼呼在前面带路，顿觉一股凉意顺着脖子往下蹿，还没到索道口，我就开始有些后悔了。

　　不过，令人后悔的事还在后面，当我一个人坐上缆车时，肠子都快悔青了。所谓索道上山，那缆车只不过是一个简单的吊椅，也没有黄山和泰山那种全封闭的装备，一组光秃秃的椅子上有一块只能遮阳不能挡雨的篷布，原本一个吊椅可以坐两个人，因为我一个人来，只能一个人在高高的天空上，孤独地走完整个旅程。我恐惧地回头对着后面的工作人员大喊："我不要一个人啊，可不可以再来一个人啊，我怕。"话还没说完，缆车已蹿出好远，我吓得用双手捂住眼睛，瞬间有湿凉的液体从指缝渗出，不知是泪水还是雾水。身后传来的一阵哄笑声迅速淹没了我的喊声。

　　呼呼的山风从耳边掠过，我下意识地向下一看，下面是千山万壑，莽莽树林，还有村居人家，那一刻，我听到了自己怦怦的心跳声，以及土地与根须的絮语，天空与白云的梦呓，鸟巢与树木的情歌，新酿与老窖的对话。

　　随着缆车悠悠向前滑行，突然感觉到一股寒气裹挟着山风向我袭来，我往下压了压头上的帽子，抽出手来，揉揉冻得有些发红、有些麻木的脸，然后将头深深埋入衣领，抬头看天，头上灰蒙蒙的好大一团雨云，缆车快走过太平山索道站了，而我始终没能走出它的阴霾。

假使此刻我是一只羊，我也只能被催赶，也只有适应环境，所以我做了一个深呼吸，迅速调整自己的状态。然后，眼睛正对前方。因为山上大雾，能见度很低，喇叭里所说的尽览青岛海水浴场、电视塔、崂山风光，我什么也没见着。灰蒙蒙的天空，洒下些许淫雨，一只只飞鸟，掠过身旁，孤独像个灰色的精灵如影随形，如此时率性随意的天空，如人生的某个片段。我想起了徐志摩的诗句："我是天空里的一片云，偶尔投影在你的波心，你不必讶异，更无须欢喜，在转瞬间消灭了踪影。你我相逢在黑夜的海上，你有你的，我有我的，方向。你记得也好，最好你忘掉，在这交会时互放的光亮！"我索性掏出相机，对着它们，按下快门，一阵狂拍，鸟儿振翅飞去，消失天际，我却陷入冥思。傻傻地想，鸟儿，如果有下辈子，是否还可与你再于旷野中邂逅？

我用目光拼命搜寻一辈子只能相遇一次的风景，同样这沿途每一点风雨和阴霾，只可以感受一次。某年、某月、某日我经历的苦难、悲痛、幸福、快乐，也只可以体会一次。想起一个经典的广告词："人生就像一场旅途，在乎的不是目的地，而是沿途的风景，以及看风景的心情……"人生，是不售返程票的旅程。突然发觉自己能够用感恩的心去经历。既然天意安排了这样，何不且将一切换作浅唱低吟，孤旅何尝不是我心灵放逐前的一时禁锢，它明年还会再来。如果只在孤独时才能透彻地读懂人生，读懂每一处风景，我宁愿孤独一路、孤独一生。

东隅已逝，桑榆非晚。一个人静静地，在咀嚼奇特的大自然的同时，也在体会"水是眼波横，山是眉峰聚"的意境，也在咀

　　嚼着一段历史，拂去风烟的尘沙，那曾经的"会山"，日占后改称"旭山"，到如今太平盛世定名"太平山"，屡遭列强欺辱，渴望和平，青岛市区第一高峰，也是市区最大的一块绿地。德占时期，称其"伊尔梯斯山"，建有多处炮台、碉堡和最早的伊尔梯斯兵营。如今，德国人建的炮位早已无处可寻，那些掩蔽部和观测所、碉堡曾经沧桑了青岛，沧桑了守候一辈子的滔滔海水。

　　面对细雨纷飞，面对浩渺的烟波翠黛，我生命的思潮沸腾不已。在澎湃中，穿越迷蒙烟雨，穿越长长的胶州湾隧道，穿越一座城市亘古的苍凉——我心头缠绕的情愫已与你纠缠在一起。然而，纵有千般不舍，纵有万种风情，我也终将离你而去。

　　从湛山寺索道站返回，雨越下越密，走出太平山，沿着中山公园花间小径往回走，一片片粉红的、洁白的樱花飘落，花瓣轻落在苍翠欲滴的叶片上、草丛中，宛如一些理想与信念、逃离与回归的梦。

　　回眸间，万千繁华已落尽。

八大关

　　早前就听朋友说，来青岛，不去八大关等于没来这座城市，然而要在很短的时间内了解一座城市，也如走马观花。

　　这个上午，迷蒙的细雨中，沿着第二海水浴场，一路洒满我流连的目光。之前也是在书本和影像资料中见过这里，来到这里，才明白所谓八大关，其实并不是历史意义的什么要塞关口。函谷关路、居庸关路、嘉峪关路等这些名字只不过是以长城关隘的名字来命名的街道，其实里边一共有十条以"关"来命名的道路，但通常叫八大关，据说是与八大峡相对应的。

被称为"万国建筑博览会"的八大关，解放前曾是各国驻青岛领事馆所在地，因此这里集中了英、法、美、日、俄等24个国家200多个不同风格的建筑，带有浓郁的人文气息，这里的建筑造型独特，风格各异，它们大都凭借天然海岸线和山地构造，巧妙组织道路和建筑布局，每个建筑都有个性特色，占尽巧夺天工之妙。

行至黄海路18号时，一幢欧洲古堡式建筑，吸引了我的目光，其正面造型由圆形和多角形组合而成，楼内由花岗岩贴面，楼外又砌有鹅卵石，为典型的欧洲古堡式建筑风格，又融入了希腊式、罗马式以及哥特式的建筑特色。原来这就是八大关中最著名也是最有代表性的一栋别墅——蒋介石旧居花石楼。因为此楼用各种颜色不同的花岗岩石筑成，因而称作花石楼。

带上些童话的想象力，在进居庸关路10号一座典型的丹麦建筑风格的别墅前，绿色墙面，建筑造型由尖塔与不规则斜顶屋面构成，南部为宽敞的方形平台，原来这就是著名的建于20世纪30年代的公主楼。传说1929年，丹麦王子来青岛度假，十分迷恋青岛风光，欲请丹麦公主来此避夏消暑，因此，令丹麦驻青岛领事购地建造，但公主没有来到青岛，公主楼的名字却伴随着建筑流传了下来。可惜如今这座楼已成为一座医院，失去了童话般的意趣。

靠近第二海水浴场，是解放后新建的汇泉小礼堂。采用青岛特产的花岗岩建造，色彩雅致，造型庄重美观，再加上一幢幢别具匠心的小别墅，以及绿树掩映下的公主楼，没有任何精心雕饰的痕迹，但却有令人一见倾心的清丽。难怪这里曾是列强施虐的对象，正如一个美丽婉约的女子，风情万种、人见人爱。

　　若不是这些不同的花草树木，我是没法认识东南西北，身处哪条大街的。八大关内有"一关一树、关关不同"之说，每一条街上都有一种不同的植物，不引起我注意都难，韶关路的碧桃，高高挂着的灯笼，粉红如霞；正阳关路遍种紫薇，葱茏着对生活全部的热爱，洒下时光流逝中被我们慢慢遗忘的清纯，静静地等待季节来临，然后悄悄地盛开，它们在用一生的体验、一生的细腻、一生的情感，开成永恒的时光之花。居庸关路的银杏树，紫荆关路成排的雪松，宁武关路的海棠，保持着直立的姿势，生长一种叫作生命的果实。从春初到秋末花开不断，被誉为"花街"的八大关，沉静美妙，隐在一片回味之中。来过这里，见过这样一种美，从此，时光的花朵就会始终红在岁月的荷塘里。

　　与都市相比，这里是一个令人喜欢的地方，阳光、花香、蝶舞翩翩；浅吟、轻唱，韵味绵绵。如此婉约，如此亮丽，满眼的词汇逐渐生动明媚起来。宛如一件经过历史的打磨，洗尽铅华，典雅细腻的青花瓷，折射出皎洁的光，含蓄而韵味悠长，清冷透亮而又蜿蜒回环，蕴不尽之意。

碧树参天，曲径通幽之间，连绵入眼的一条条纵横交错的街道，在翠绿与嫣红的映衬下伸向远方。这里每一个街头，每一条小巷，都将景观、生活、艺术融为一体，在城市文明地成长，始终特行独立，保持自我，成为伊甸园。它们既有小女子的风情万种，又潜藏着男儿的热血豪情。

行走在八大关的每一条街道，恍然发现，八大关是一个没有边墙的公园，这里的庭院与花园融为一体。汽车和行人都不知哪里去了，这里没有林立的高楼，街巷和道路不是很宽阔，也不是很规则，但每一个角落都是鲜花盛开、整洁有序，适合一个人静静地行走，静静地思考。

从八大关可看出青岛这座曾被践踏过的城市，在坚守中不惜付出代价吸收外来文化，又固守着中华几千年的文化，在接纳包容中成长的城市，它的表情比我想象中更纯朴，更安静，亦如山东汉子的脸，果敢刚毅，线条清晰，轮廓分明，感觉这里的历史就写在他们的脸上，如同这座城市，让人一目了然，过目不忘。

在这个把记忆化为庄严肃穆的日子里，在这些平整的街道，长出时光的苔藓，生活与生命之芽，诗情与诗歌之蕾，依次在岁月的枝头次第开放。越过千山万水，只为闻一闻生命永恒的香味，这也是我亲近八大关，触摸你的历史脉搏的唯一理由。

栈　桥

太阳在海天交接处静静地升起，海水亲吻着脚下的礁石和沙滩。一只只洁白的海鸥欢快地拍打着翅膀，掠过海面。一对对恋人撑着小花伞，相依相偎地在栈桥上踱步。一阵阵咸涩的海风，涤去我一身的风尘和疲惫。

不是初见，而是重逢。四年前，与你第一次邂逅，只在瞬间那惊鸿一瞥，从此你就在我脑海中徜徉不去，成了泅渡我心海的一座桥，令我魂牵梦萦。我知道我终究会再来，专注地走来。这个春天，再一次站在你身边，我大口大口地吸着你清新的水汽，陌生而亲切。

　　栈桥位于游人如织的中山路南端，桥身从海岸探入弯月般的青岛湾深处，桥尽头彰显中国风的翘角重檐建筑端坐于碧波之上。它成为青岛的地标及象征，到青岛来的人如果没有去看一看栈桥，那就等于没来青岛。

　　始建于1891年的栈桥，当初只是为清军所用的人工码头。到了1931年修建时，长度由原来的220米扩建到440米，宽10米，气势甚是磅礴。栈桥好似一双长长的手臂，伸向大海，拥抱着大海。桥南端筑半圆形防波堤，堤内建有民族形式的八角楼，名为"回澜阁"，红男绿女伫立阁旁，欣赏层层巨浪涌来，心中也会波涛汹涌，不能平静，因而"飞阁回澜"被誉为"青岛十景"之一，也是青岛最早的货客运码头，是当年海陆运输的咽喉要

道。如今，虽然已历经百年的沧桑，失去了当年的险要地位，可风采依旧。

这一刻，喜欢栈桥，并不需要太多的理由，喜欢栈桥，只是喜欢它欲言又止的样子。再次走向它，发现这段桥其实并不遥远，但却是足以让我身心立时平静下来的"路"。站在它的身边，就有了通过它到达彼岸的欲望，但此时的我，一切只能将彼岸定格在视野与想象之中。

名人故居

"青岛之红瓦绿树、青山碧海，为中国第一……恐昔人之仙山楼阁亦比不及，诗文不足形容之。"因为康有为这句对青岛最确切得当的评价，就有了我对这座城市名人故居的神往倾心，有了这个春天付诸实施的青岛之行。

青岛这座海滨城市的空气中到处氤氲着水汽，这里最适宜去做梦或神游、去思念或痴想，也适宜记住或忘却。来到这里，我也终于明白，这些文化名人之所以入驻青岛的初衷。这里最能让这些文人雅士聚集，多少有它的理由———一定是青岛别有韵致的人文景观与美丽多彩的自然景观让无数文人雅士蜂拥而至。这不，先有康有为来了，再有沈从文、闻一多、老舍来了，洪深、梁实秋、王统照、萧军、萧红、舒群都来了。这些在中国近代历史上拥有一定声誉的文化名人都在青岛留下了他们的生活印迹，不能不说这些名人故居见证了青岛人文发展中引以为荣的一段历史。

为了寻找青岛残存的文化轨迹，这个下午，闻着城市清新的气息，沿着先人走过的足迹，我在老城区里不断地转着，去追踪寻访这些名人故居。这些文化名人的旧居，静静地隐藏在青岛海滨各个风景区里。由于青岛得天独厚的气候，青岛市的南区是老城区和新城区的融合之处，在海洋大学鱼山校区附近是红瓦绿树的典型代表，行至海滨一线就是一个现代化的城市。

在海洋大学校门外有一个地图，沿着这个地图看，有近二十处

名人故居。这些故居虽名气很大、数量众多，但正式对外开放的只有康有为故居，其他多为民居，有人居住，缺乏有效的开发保护，居所乱糟糟一片；整体分散不宜寻找，无法形成一个很好的景点群。正是这样的分散、凌乱，让这原本可以积聚的名人效应也逐渐削弱，甚至荡然无存。但有兴趣的人仍然可以前往看看。

被誉为"康圣人"的大学问家康有为的故居坐落在小鱼山东麓福山支路 5 号。此处是德国总督府一位高官的宅第，祖国的大

好河山遭受列强的瓜分掳掠，由此年轻的康有为胸中燃起了救国之火。西方的强盛，使他立志要向西方学习，借以挽救正在危难中的祖国，青岛的蓝天碧水，吸引了他的目光。1922年，他来青岛租住。此后他三度到青岛，直到在青岛仙栖崂山。正如他将逊帝溥仪赐题的"天游堂"的御匾悬于宅内，他把这座宅院称为"天游园"。

在一条开满鲜花的路旁，我们发现了梁实秋的故居，进大门后，里面住着几户人家，已不知哪一家是其故居。站在这里，我仿佛看到1930年，身着中式衣裤和长袍的梁实秋，行走在微斜的崎岖山路上，风度翩翩，丰神俊逸，天天步行回青岛大学。他很喜欢青岛，认定青岛的旖旎风光和清爽的气候，宜于定居。他在《忆青岛》一文中写道：青岛之美不在山而在水。因此，他不管春夏秋冬，教学之余总爱到海边漫步。梁实秋相当重视友情，常在家中与友人推杯换盏，猜拳行令或谈文论艺，切磋学术，往往黄昏入座，深夜始散。也就在这时，他开始了一个浩大的工

程——翻译《莎士比亚全集》，这一工程一直到他晚年才完成。如今，我们在这里能看到的只是几个居民茫然的眼神。

沿着一条凹凸不平的方石块铺就的小径，有节奏地叩打着地面，起伏着往前，步步登上福山路 3 号的沈从文故居。院内植满了花草，与 20 世纪 30 年代著名的剧作家洪深故居相邻。站在这栋二层依山面海的西式小楼前，我仿佛看到 1931—1933 年沈从文在青岛大学中国文学系执教期间在此居住，于天灯下笔走龙蛇的情景，短短两年间共完成传记、中篇小说、短篇小说数十篇。也许是青岛的碧水青山让沈从文先生回忆起了自己的故乡——湘西，他的代表作《边城》在青岛酝酿而成。

1934 年秋，怀揣着国立山东大学聘书的老舍带着家人来到了青岛黄县路 12 号一个幽静的小院寓居。在这幢坐北朝南的二层小楼里，他先后完成了短篇小说集《樱海集》，长篇小说《骆驼祥子》，它们都是不朽的旷世巨著。住在青岛期间，是老舍写作生涯最闪光的时期。离开青岛后，他不止一次地沉溺在对青岛的回忆中，最让他魂牵的是青岛的宁静。他在自传中自语："青岛安静，所以适于写作，这就是我舍不得离开此地的原因！"

青岛是个充满魅力的城市。她有着美丽的滨海，将休闲与城市完美地融合，到过青岛的人都会爱上这里的海滨一线。青岛冬暖夏凉的宜人气候更将此处变为一个疗养胜地。在一个旅游城市生活了几年，真的是一种享受。这里适合居住，适合休闲，适合疗养，适合养老。同时因为有了这帮文化名人的巨笔濡染、墨飞如雨、众星捧月、共鸣交响，青岛因而更加钟灵毓秀、大气磅礴。虽然 1891 年才有行政建制，但青岛却是全国 99 座"历史文化名城"之一，这也得益于其完好无损地保存着一大批名人故居。

高高的村庄

一

激情、梦想点燃了季节的邀约。笑语喧哗、歌台舞榭，在最柔软的心底，开始想念村庄。

一声蝉鸣牵我走进村庄。风，在前面带路，它跑过草丛，跃上树梢，轻轻用力一拨拉，就露出村庄路边草丛里的黑土来。

走进村庄才猛然觉得，那些红的瓦、白的墙将村庄一下子撑得高高的，瞬间想从这里打捞些什么。也许，这里注定是我回家的驿站，我呢，也说不清楚，只让一份心事在阑珊里泛着轻浅的香，在岁月的光影里，次第流转，花香满径！

炊烟厚厚地包裹着村庄的静谧，安然、温暖！村庄被炊烟撑起，立时显

得高高的样子，这如约而至的气息，朴素而淡雅。母亲是最好的守望者，青青的蓝色的炊烟，像是母亲召唤晚归的孩子。

一个清瘦的背影在"人"字形的乡村小路上缓缓移动。忍不住停下脚步，做个深呼吸，我像个拍照片的取景人，看到的不是一棵或是一株，而是一片的绿，那一岸奇景镶嵌在村庄的小河边，静静的，于是我的画中便有了晓风、残月、杨柳。

村庄不是一人或一物的缩影，而是广袤田野里一群面朝黄土背朝天的父老乡亲。他们在黑得流油的土地上劳作，身上沾满泥土，禾苗掩映着他们黝黑的躯体，在阳光下闪着幽幽的光。

老农哼着只有他自己才听得懂的小曲儿，牵着幸福地腆着大肚子的老黄牛，用独特的语言与村庄的土地交流，踩着老黄牛的足迹，在村庄的土地上，走着笔直的路，把那块田地在晨光中犁得发亮。

绿树簇拥，碧水环绕着的村庄，让穿行在城市中的我产生

了一种源自乡村的信念，在尘世喧嚣中坚定前行。串场河边的村庄，每天都有新的花朵和果实出现，令人惊喜。于是，一种琐碎的情怀从四季凝视的双眸中悠然滑落。

二

我习惯在村庄里率性走动，看稻子发芽、抽穗、扬花。稻子成长的过程是一个艰难的过程，跟村妇分娩前一样。

在稻田里，我知道有个忠实的守望者，我和他不一样。我看稻浪翻滚，看稻子由绿色到染上金黄的整个过程，心里就有种说不出的激动。

　　我喜欢稻子在风中摇曳出阳光的声音，摇曳出岁月的风风雨雨，摇曳出农人的欢声笑语；喜欢田野到处飘着稻子的香气，喜欢稻子在雨中欢快地舞蹈。村庄是稻子的哨兵，村庄使稻子的存在有了可能。

　　有麻雀扑扇着翅膀从天空飞过，有一搭没一搭的几声鸣叫，它可能是泥土和庄稼的一种啼叫，或是季节和时光的一种啼鸣，甚至是村庄灵魂的一种啼鸣。它的声音是那样嘹亮，把村庄的天空划开一个闪亮的豁口，阳光便被搅成了一地碎影。

　　对于时光，村庄是留不住它的脚步的，对于村庄里那帮爱做梦的年轻人，村庄更是留不住他们追寻希望与梦想的行程的。为了生计，年轻人纷纷走出了村庄，村庄里只留下老人、孩子、妇女和一颗祭乡的月亮。农民、下岗工人、打工者，究竟是什么将人们诱惑到城市里的？偌大的村庄，成了个大而空的鸟巢，静静地卧在里下河平原上。

　　在记忆深处，在繁华的城市，也只有在夜深人静时才能想起村庄里的老人和孩子。阳光铺满地面，一片金黄。有时回忆会由一场细雨开始，雾气笼罩着的一切在记忆中，都深深触痛从而产生一种生命的忧愁。

　　只有那些无语的泥土明白村庄的心事，只有清晨的风儿和深夜的星辰知道村庄曾承受过多大的苦难。

　　村庄无声，老牛不语，岁月不惊。

三

　　村庄的四季是一个水质的梦，在心的暗河里流淌。屋檐下燕子的呢喃，老槐树下的声声蝉鸣，天空上的一朵白云，禾苗上的一滴露珠或一场斜雨都是一颗归乡的灵魂，村庄边上的一条河、一滴水、一缕风、一声鸟语都是我真实的诗行。掀起泥土，播进心事，播进热情，泪水滚烫从双颊滑落，一个叫作希望的古老梦幻开始悄悄萌芽。

　　绿意葱茏的香樟，婆娑益然的垂柳，枝繁叶茂的泡桐树，当然还有细碎的桂花树，叶子向来都是充满生机的。颜色是绿得发蓝，绿得似乎挤出水来，充盈而美好，安静而又淡定地立在村庄的房前屋后，或者是在水意清透的小桥流水旁，年年月月用温柔的目光抚慰着过往的人们。

　　母亲已在这棵树下守望了好多年，那些白发迸出的银光轻易地结成一段难驱难散的情愫，纠缠，沉溺，沦丧。

　　岁月悄悄地流逝，村庄的小河静静地等待。渐黄的芦苇草丛

中，村庄是航行的船只，载得动儿女的梦想，却载不动母亲一往情深的心思，村庄的儿女，一辈子也无法驶出母亲的视线。

多年以后，当我在茫茫人海中艰难跋涉时，母亲翘首张望的身姿，一如那高高的村庄，总是出现在阳光里，一次次为我导航，从此便不会迷失方向。

炊烟深处，渐行渐远，我一生也走不出的村庄。

策杖黄山

　　平生第一次用拐杖，是攀行在奇松竞秀、万壑峥嵘、飞瀑流泉、鸟语花香的黄山那崎岖蜿蜒的脊梁上，如果没有那次策杖黄山的经历，也许我至今也难领略明代文人汤显祖笔下描述的"一生痴绝处，无梦到徽州"那个人间仙境。

　　早知黄山以奇松、怪石、云海、温泉"四绝"著称于世。黄山古称黟山，传说黄帝在此炼丹，故改名为黄山。小时候家中客厅里就挂着一幅黄山山水画，那气势磅礴的云海，壁立万仞的奇峰，嵯峨怪异的巨石，虬干劲枝的苍松，令儿时懵懂的我疑为仙境，从此对黄山心仪神往。登黄山成了我向往已久的愿望，终于举家前往。

　　到了山脚下才知道，想看黄山最美的景色还有好长一段山路要走。要登上黄山诸峰山巅，只有两条途径，要么乘索道缆车上山，要么沿着山路徒步攀登，听导游说旅游旺季乘索道，等两三个小时是正常，四五小时可以理解，六个小时也是可以想象的。为了节省时间，顺便尝试一下攀登的全过程和乐趣，于是备了手套、雨披、拐杖和水徒步登山。

　　行至半山腰时，我已是腰酸腿痛，整个人像散了骨架一样，汗流浃背的我任我的他拼命拽着往高处走，可他和我都是久坐办公室的人，生活中以车代步久了，哪里走过这般崎岖的山路。不久便都气喘吁吁，体力透支已到极限了，实在不忍拖累他，于是学着前面一对老者的样子用上了备用的拐杖。平生没用过这玩意儿，倒闹出不少笑话来，一个来自南京的五六岁模样的小女孩一直走在我们前面，行进途中她像个小精灵似的，偶尔还一蹦一跳的，如履平地般，一点也不显吃力的样子，听她母亲说这孩子自小就很独立，他们常常带着她登紫

金山，这样的路她走得太多了。小女孩一路的歌声和笑声感染和鼓舞着游人，当她瞪着一双大大的眼睛问我："阿姨你为何拄拐杖啊？是不是残疾人呀？我姥姥都七十岁了也不用这个呢！"我的脸唰地红了，不好意思地对她笑笑："呵呵！是啊！阿姨还真的不如你家姥姥呢！唱首歌给阿姨听听，好吗？"小女孩始终在前面走着，渐渐地，她的歌声和身影融入黄山的风景中了。风逐渐后退消失，一阵沙沙的声音送来了醉人心扉的清新空气，深吸一口，满是花香、草香。百鸟欢唱，悦耳怡情，心中的尘土、愁绪也被涤荡得无影无踪。

迎着徐徐山风，我们艰难拄杖而行，终于顺利到达白鹅岭，著名的始信峰终于映入我们的眼帘，相传明代黄习远自云谷寺游至此峰，如入画境，似幻而真，方信黄山风景奇绝，便题名"始信"。"妙不可言，说也弗信；岂有此理，到者方知"，后渐闻名遐迩。"始信"两字，千载叫绝。

"梦笔生花"为黄山胜景。清人项黻有诗赞曰："石骨棱棱气象殊，虬松织翠锦云铺。天然一管生花笔，写遍奇峰入画图。"可惜 20 世纪 70 年代初松树枯死，现在是仿制的塑胶松树。此峰旁有笔架峰等名胜景点，沿途美景令人目不暇接。我怕这些美好被记忆风干，所以频频按动照相机快门，好让它们成为我书房里永远的风景。

从排云楼出来，门外云雾缭绕，排云之名果然名不虚传，霎时，飘飘然有羽化登仙之感。云雾越来越浓，到达飞来石时，整个石头已经笼罩在云雾中了。此石头有十余米高，根部恍若与山峰分离，很想近距离接触《红楼梦》片头的顽石，听导游说摸了这块石头会给自己带来一生的好运，于是壮着胆子拄着拐杖爬上去摸了摸石头。脚下是云雾，清醒地想想其实脚下是万丈深渊，不禁有些腿软，借着拐杖赶快连滚带爬下来。

光明顶是黄山第二高峰，光听名字就知道和太阳、日出之类关系密切，不然金庸怎会把它当作明教教主张无忌的隐居之地呢。我不由得心生自豪感，没有沿途的策杖经历哪能到达这光明胜地，面前平坦而空旷的顶上视野开阔，是观日出、云海的最佳地点。现在它也成了旅游团集中的好地方，到

处坐满游人，分明在仙境中多了几分人世的喧嚣。夜宿光明顶，由于天气原因，我们无法看到远景，看到的仍然是一片云雾，不过云雾迷离，清风相伴就差明月了，倒也别有一番趣味，于是将希望寄托于看明天的日出。

次日爬百步云梯时，只听到自己沉重的呼吸声，心像要蹦出胸膛一样，很想歇一歇，但那窄的地方，哪里有歇脚的地方。放眼向上望去，山路笔直而陡峭，这个时候只有向前，没有退回的余地。试想人生的路上又何尝不是这样，只有向前才是生路，后

退便无路可走。据说刘晓庆曾在这里拍过一部戏，她一跪一个血印艰难向上，要是当时她后退了，后来她要面对的又是怎样的一条路。她拍的那个影片后来还得了大奖。不知那时她心中有没有一根和我手中一样的拐杖，要不然她的演艺生涯何以到达登峰造极之地呢？

借助这些有形和无形的拐杖撑着我往前走，终于到了黄山第一高峰——莲花峰。与光明顶的高旷相比，莲花峰显得秀丽很多，主峰突兀，小峰簇拥，当太阳普照时俨若新莲初开，仰天怒放。一路看去，一些石头如鱼戏水，一些如仙人指路，一些如乌龟、如玉兔，松树点缀其间。身处其中，才知无限风光在巅峰，不禁感叹大自然的鬼斧神工，我等凡人是何等的渺小啊！

玉屏峰上玉屏楼，此处被徐霞客称为"黄山绝胜处"。在门前平地上，近可看黄山标志迎客松，左可观黄山第三高峰天都峰，右可赏莲花峰，楼四周布满古松、奇石，的确是个观景好地方。山中行，有云从袖底生、雾由足下起的感觉。那白如棉絮、飘若轻烟的云雾，深情款款地簇拥于游客身畔，使人如履天街，飘飘欲仙。云雾稀薄处，可看到株株婀娜多姿的黄山松，或挺立于悬崖峭壁，枝干横斜，如苍龙探海，似猛虎下山；或从怪石的缝隙中争得生存空间，傲然挺立，显示出极为顽强的生命力。有的贴壁玉立，袅袅婷婷，撩云拨雾，清秀悦目；有的虬干苍劲，拔地参天，叱咤风云，有大将风范。蜚声中外的迎客松——华夏第一松，已历经千百年雨雪风霜的侵蚀，依然郁郁葱葱，显示出勃勃生机。

在诸峰顶上有时罡风猛烈，常需以杖拄地，方能站稳。伫立在绝顶之上，但见四周白茫茫的云雾之中隐藏着的千山万壑都已被踩在脚底，不禁感慨万千，心中更是不由自主地涌上柔情千种，豪情万丈，自觉世上再无任何山峰不可征服，再无任何目标无法达到。

黄山之行终究要结束，身边的山岗，就要沉睡在地图的深处了。回望平静如一朵昙花起伏的峰峦，已排成密集幽暗的叶片，然终究挡不住夕阳的落下和太阳的升起。

在玉屏楼等候缆车下山的时候，我的他见我仍紧紧握着手中那根黄山拐杖，说下了山再也用不上了，不如扔了它。我看着满身创伤的拐杖，浑身已布满坑坑洼洼的伤口。它记录着黄山的峥嵘怪石，记录着我沿途的汗水，记录着我隐忍的艰辛，也记录着我登顶后满脸的喜悦。是它支起了我的身体，支起了我的步伐，支起了我登顶的希望。我怜惜地抚摸着它，说扔它做啥，留

个纪念吧！可他执意要扔了，于是我将他们手中的拐杖分别收回集中到我手中，然后将四根拐杖高高扬起，朝对面刚乘缆车上山准备登顶的游客大声问："赠送拐杖给需要它的人，谁要啊？"一位都市白领模样的人伸手接过一根，莞尔，笑问："用得着吗？""用得着用不着你到时自会知道的。"我笑答。

　　拐杖，其实生活中我们每个人都有用得着的时候，人生本来就如黄山的山岗一样没有一马平川。我们有时要借助它跨过大大小小的人生山岗，所以我还是执意留下两根拐杖带回家，珍藏于储藏室，也许将来有一天还会用得着的。

古风今韵话西溪

　　三里路，窄而长，幽幽地，仿佛通向时间的深处，这条晏溪河边青砖铺就的路，是从前通向享有"苏北周庄"之美誉的古镇西溪唯一的古栈道。在人们的记忆里，它仿佛与时光一同出发，贯穿古老的犁木街，延伸至八字桥，组成龟背上古老的象形文字，一同抻直臂膀顽强地向远方延伸。它凝聚着数不清的古往今来，于古镇风中千年，默默诉说世事沧桑，一路地过来又一路地远去。

　　西溪，古海陵之地，那时候古镇是热闹的，脂粉花戴、豆花、油条、鱼汤面，贩夫走卒的叫卖声，暮鼓晨钟，香火梵音，寺庙庵堂的诵经声，从早到晚，巷子有多长，他们的声音便有多长。

　　走进犁木街的高

墙窄巷，每一个音符，都似敲击在心上，内心痒痒的，仿佛一下靠近了地平线，手也早已痒得很想去触摸古屋内的那些黑漆斑驳甚至挂着蛛网的梁柱，仰首看青砖小瓦、飞翅别致的屋檐，雕龙画凤的门窗，以及屋檐下的青苔和房背上的水葵，新年时贴在门楣上的大红对联和窗花，仿佛置身于一个尘封久远的年代。

老屋、古井、寺庙和庵堂在街中随处可见，好多房子多为明清遗物，那些人家门户洞开，迎接我们这些陌生人的也是一张充满笑意的脸。进得门来满眼木刻砖雕，举目皆是古瓷古画。厢房里铺着木地板，用脚敲击出的咚咚声也是别样的，还有古色古香的旧时的家具，仿佛走进了文物展览馆，一切在古镇寻常人家里都显得如此平常和简单，简单平常得就像阳光、空气和雨水一样。

犁木街中有口"缫丝井"，大旱之年不涸，七仙女为帮助董

永赎身而织三百匹云锦，"缫丝井"就是她汲水缫丝的地方。明英宗天顺六年（1462年），巡宰李诚莅临西溪，建亭其上。郑板桥的老师顾繁曾在亭上作《缫丝井亭记》。日军入侵前，井上还有凉亭，四角凌云，翼然欲飞，井旁石碑上有亭记。日军入侵后，亭毁井存。缫丝井旁，现代织女们在织机前飞梭织毯，织机声在夹杂着鸟鸣鹊唱的古镇里，静静流淌的溪水旁，将一缕缕割舍不了的情思织进时光里，融进人们心中，悄无声息地演绎着一幕幕剪不断、理还乱的，令人回肠荡气的故事，让混迹名利场中的人不由得顿起归隐之心……

穿行于犁木街似词人长短句般平平仄仄的青砖路，引我一路吟向它的纵深。一位老人倚门独坐，瓦楞上一缕苍白的阳光照着他，折射得那些皱纹似堵老墙一般斑驳，膝下摆着一地线装书，像入定禅坐的老僧注视着门前的青砖路，一坐千年。

迈着碎步走上八字桥，步履是轻轻的，心里是悠闲的。仰首，是白云流岚，俯身是曲水流觞，溪光杳渺，引人入胜，仿佛走进了一个黑白老片的镜头，这时要是手中再撑把油纸伞，自己一下便成了明清小说里的开头诗了。难怪江南人多情，自古那些缠绵悱恻的故事也多半在桥上发生，桥上相见，桥上盟誓，桥上相别，旧的风物尤使清水之上多了一份情致，三分婉约。于是身体和灵魂真正从此岸到达了彼岸，俨然成了飘然行走着的一位纯情美丽的别样女子了。

驻足桥头，那些曾在书本里见到过的人和事渐渐变得明晰起来。从西溪走出去的三盐官，后来相继成为治国宰相的晏殊、吕夷简和范仲淹，仿佛一下子从文字中鲜活地走了出来，青砖小路上远远近近也响起他们曾经留下的跫音。通圣桥、凤升桥、八字桥成了黑白老片中凝固的风景，仿佛置身于烟雨迷蒙的江南古镇。文人笔下的小桥流水，戏里画中的雕梁画栋处处可见。多人合抱的参天古树以及历经百年的青砖小路，它展现给世人的不仅有西风东渐的痕迹，还有对现代气息的渴求。瓦楞上开着茅草的花，和着那些老宅子忠实地沿袭着祖辈的传统风俗，处处散发着一种浑朴沉稳、超凡脱俗的独特气息。一些人家还建起了几栋白墙红瓦的楼房，线条与那些飞檐翘角的老屋搭配得如此平滑流畅，将自然奇迹、传统文化与现代风韵整合得出神入化。

走过八字桥，向南不远处便会看到庄严古朴的千年古塔海春轩。通向塔身的八卦式的石板路，似万丈光芒昭示着古塔从唐朝穿过时光隧道，沐浴现代文明之光传承古镇浓厚的历史文化。

　　几只船在古运盐河边停靠，划船的女人身穿青花衣裳。古塔夕照、飞檐翘梁、波光潋滟、绿水轻漾，在云烟迷蒙里，成片的蔬菜大棚似条条银链在阳光下熠熠闪光，似群鱼戏浪于白色的海洋，并不年轻的女子与之相映成趣更显出水乡的纯净与妩媚。高大的宝塔下，觉得自己不过沧海桑田一过客，来和去都是那样的微不足道，背景里的古塔在历史长河里走过千年，凭依的桥梁也在这里穿巷跨河站立百年，还有绿波涟涟的古运盐河，在时光的河床上静静地流淌，任春夏秋冬滔滔东去，年复一年……那恒远的美丽，任谁也不能比拟啊！

　　顺着晏溪河南岸往回走，对西溪的记忆在路边的草丛中缠绵，在运盐河水的温软里泛波，自己的身影嵌入小桥流水、古屋黛瓦，成为谁相机里的背影了。背后古刹泰山寺的钟声敲出一派祥和虔诚的梵音，高大的大雄宝殿在夕阳下随情写意，一着僧衣的老者缓缓走来，夕阳下，在通圣桥的拱顶走成一帧古朴祥和的剪影。

　　沿通圣桥走出西溪，一条宽敞的大路将古镇西溪的风光和都市一下子拉近，将古老文化与现代文明融为一体。"犁木街"仿古商业文化街头游憩区、"泰山寺"宗教文化旅游区、"盐文化"三贤祠旅游区和"天上人间"主题公园的"三区一园"西溪旅游区线路工程已启动，不久这里将变成城里人的乐园。城里的人们在闲暇时走进西溪，那时他们会听到西溪花开的声音，看草木生长的姿势，吃甘甜的水果，摘鲜嫩的蔬菜，喝醇香的米酒……在没有喧嚣、没有浮躁、没有烦恼的农家小院里摆上野菜恣意地享受美好时光……

　　回望黛瓦、褐窗、古塔、老街，那滴露的檐上挂几串红灯笼，眼睛一下子被照亮，心也不染纤尘地鲜亮起来。我懒得摇动一下心灵的橹板，从此不想醒来，一梦千年。

董永故里行

　　吹绿东风又一年。花红叶翠、莺歌燕舞的季节里，传来了董永传说作为民间文学被列入我国公布的第一批国家级非物质文化遗产名录之中的好消息，于是前来董永故里参观游玩的人络绎不绝。

　　董永故里的流水之上，少不了大大小小的拱桥，桥上定是少

不了一个故事的，故事中的主人公一定是七仙女和董永了。泰东河边的台南中桥两岸，鲜花盛开、鸟鸣鹊唱、凉亭水榭。在刚吐绿的垂柳掩映下，七仙女与仙鹤的塑像下有显眼的"鹤落仑"三个字，据说是当年仙姬七女为董永卖身葬父的一片孝心所感动，驾鹤下凡的地方。清嘉庆《东台县志》所载："董永，东汉西溪人，家贫，流寓佣工，贫无以葬，自卖其身，贷钱以葬，孝感天下。"因这个动人的传说，这座现代化的桥多了份情致，倘若手扶栏杆，双眸远眺，便是宋词里的凭栏意了。闲愁千古，水流千古，连打桥上穿过的风，都氤氲了七仙女的香气和灵气。

风从河床里呼啸着过来过去，偶尔将我的衣襟掀起，我笑着跑在颠簸不平的阡陌上，若一只欢快的鸟，叫声尖锐，身形矫健。遥想当年仙姬七女眷顾的这块胜地，会聚着东台西溪古镇及附近地区与董永传说有关的地名达50多处，如鹤落仑、槐菊庄、辞郎河、傅家舍、金钗井、舍子头，以及"东鞋庄"和"西鞋庄"，至今仍有老槐树、缫丝井、辞郎河、董永墓等保存完好的古迹。

董永庙前人头攒动，香火缭绕。此庙相传是七仙女与董永当年离别的地方，始建于汉，位于台南的肝肠河和辞郎河之间的董贤村，农历二月十九是"董孝贤祠"佛像开光、前殿上梁的大喜日子，村民们自发筹资兴建的前殿即将竣工，董永的金身佛像已入正殿，孝子董永将成为这个民风淳朴的水乡人千古模仿效尤的学习典范。

"你来了，花就开了"，我喜欢这样一句诗，而花儿开了，我就来了，或许是董永和七仙女传奇的一个默默约定。我来了，一顶柳帽，一支柳笛，将我唤回童年，采集一些知名和不知名的野花编成一个花环挂在脖子上，绿染的蝶衣，自己仿佛一下子成

了迈着莲步下瑶台的七仙女了。难怪这里的每一条路都通向一个故事，吸引着我走进这些跟路一样长而神奇的故事里。

传说《天仙配》里的老槐树就长在台南的十八里河口，董永和七仙女就是在这棵树下指树为媒的，荫庄村就由此而得名，现在的殷庄即由此演变而来。

泥土中腥的、厚的、黏的味道穿过绿油油的庄稼，入了我的喉鼻。这一刻，我突然感觉到自己是土里生出来的娃娃，整个人，从里到外，都是泥息气、土滋味。我是闻着炊烟的气息抵达殷庄的。一股白色的炊烟轻柔地抚摸我，这让我想起唤我回家的母亲。村子里处处飘着草木泥土的清香，我急急寻找那棵老槐树。当走近时才发现，从树根、树干到树叶，一棵树早已完全舍弃了自己，那棵老槐树在"文革"时被砍掉了。这棵树下，曾经的绿荫鸟叫、牛羊反刍、乡村烟火，图腾了殷庄人的纯朴和善良，见证了殷庄人沉甸甸的希望和汗水，也传承了董永和七女的勤劳的品质。现在的殷庄是殷实而富有的，从这里走出的儿女们无论走多远，即使长成一棵树，老成一片叶，都永远尊崇董永，以忠孝为荣。

阳光暖暖地照着风中的河流，我似一条船驶在董永故里无穷的时空上。风摇着，水荡着，夹岸的菜花则更是把人的魂魄摄了去，那纯正得令人起敬的金黄，随着河堤的弯曲，不知绵绵地伸到哪里去——或许是天边，抑或是离人的心上？然而那太阳一样的颜色，却把整个春天都染透擦亮了，就连人们的眼眸里，也洋溢着灿烂的金黄。时有轻风吹来，送来远处缥缈的歌声，犹如从另一个宇宙里传来的天籁之音。叫绝的是那菜花的芬芳，使整个天地都变成了一个装琼浆的坛子，叫万物都沉醉其中，如梦如痴。朵朵盛开的桃花灿若云霞，无拘无束地怒放着。如果真有一个七仙女高高在上地看着我，在她的眼里我也许会是一朵小小的云彩吗？

船，好像只能属于水了。那些河水难道就是七仙女曾经的相思泪吗？想必那条河一定是他们曾经的断肠河了。传说这条河是七仙女与董永相守百日后，天帝催归时，董永与七仙女依依惜别，在河边哭得肝肠寸断、难舍难分的地方，故得名"辞郎河"。如今它的轨迹，它的神态，它的喜怒哀乐，似乎都与水有关，它蕴含着怎样一段令人荡气回肠的故事，似乎全托付给流水了。

走在董永的传奇里，便没有了退路。

"烟墟腌蔼野晖斜，问讯溪中仙女家。一自杼声闻下里，千年流水出寒沙。离尘古瓷自生藓，照影今人谁似花？环佩遥遥不可遇，荒原徒倚暮云遮。"这是清平民诗人吴嘉纪为缫丝井赋的诗《咏缫丝井》。西溪犁木街中的缫丝井就是当年七仙女取水织锦的地方，沿着西溪往南走还有个地方叫"金钗井"，传说是天兵欲抓走七仙女时，董永在后面拼命呼号追赶，天兵想加害董永，为了保护董永，七仙女就拔下头上的金钗在地上画了一条线遂成一条河拦住了董永的追路，七仙女将金钗插在地上就成了两口井。七仙女回到天庭后生下了一个男孩，天帝震怒，七仙女只好将孩子送到人间给董永抚养，丢下孩子的地方叫"舍子头"。孩子被董永抱回时哭闹乱蹬，掉下的两只鞋现在分别叫"东鞋庄"和"西鞋庄"。

空气中弥漫着庄稼清香的味道，嗅一口，入了心肺，清新而迷人。行走在风景里的人已然百转柔肠，脚步急促，在这些地方曲曲折折绕了一回，摆几副姿态，留几张照片，便算是到了董永故里走了一回。日后我的女儿问道，董永故里吗？难道是我身后的董孝贤祠，董孝贤祠门前的那缕久久缭绕的香火……

夕阳给大地罩了一层艳红，整个田野和村庄被包裹在落日的余晖中。谁家烟囱里冒着白茫茫的一缕烟，升腾在空中，与那些火烧云连在一处，成了画布上的景。我不是画家，画不了董永故里的钟灵毓秀，我也不是诗人，写不出董永故里的点点情怀。然一草一木总关情，那些与董永故里的传奇被罩在变幻无常的光线里，被岁月的快门所曝光，印成七彩的图片，定格在我的记忆深处，不褪色，不舍弃，难忘却。

水乡舞韵

  时光走到里下河水乡的某个夜晚，就不想走了，它静静地停留在水乡的桥头、路边或广场，看风景来了。

  水乡的夜晚，色彩是斑斓的，即便是没有月亮的夜晚，那黑，也黑得静默，黑得彻底。要是有了灯光的映照，那白，便白得坦然，白得耀眼了。灯光下变得明丽清新，灿若云霞的还有女子绚丽的衣衫，那绿，绿得明快；黄，黄得富丽；红，红得

动心。

当悠扬的曲子响起时，从水乡深处东一撮、西一簇，走来的一群人，就会回到四月八节的热烈氛围之中，变得幸福起来，他们随意挥洒起欢快的舞步，此刻的水乡变得优美、风情、欢快而热烈。

起先还有个别大姑娘、小媳妇站在一旁扭扭捏捏，或捂嘴窃笑，或红着脸相互扯着、藏着、掖着，不肯融进队伍。然而，许是经不住琴笛箫合鸣、丝竹弦共唱的诱惑，这些还没见过什么世面的水乡女子便腾起千般情思，倏地，闪进人群，和着节拍，扭着、跳着，来了感觉，有了韵律，渐渐地还产生了某种激情。

不经意间，女子们那好看的一扭三道弯，便吸引了更多着彩衣花裙的女子前来，尽情地伸展着腰肢。扭着、扭着，一天的劳累疲惫都忘了；舞着，舞着，委婉飘逸，轻柔优雅出来了；跳着，跳着，眼底心波的悸动和满足都有了。

《家乡美》的旋律似出岫的云彩，飘逸流韵，清丽婉约，将水乡的夜舞动得风姿绰约，挥舞成一袭灵秀翻飞的水袖，挥舞成一朵盛开的奇葩。此情此景，夜风星月，莫不入曲，曲曲动人心弦。此时此刻，水乡有了缥缈幽静的景致、小桥流水的风情、明月清风的恬静……

记忆中，这种舞没有受过什么老师的点化，哪级机构的发起，什么文化的熏陶，这种秧歌舞式的舞蹈从来就在民间生长，和着民间的泥土和芬芳一起成长，水乡的人们一直通过这样的舞来感受生活的幸福，岁月的静好。

在外人看来，水乡舞蹈就像田野吹来的风，又仿佛串场河淙淙不尽的流水。水乡妩媚的女子用她们轻盈的舞步体察世态；用她们愉悦的神情去表现世态，身临其境，谁能不切身感受到一种激情活力，激荡着美好生活的召唤呢？

水乡人的舞步中何尝不蕴含着诸多人生哲理呢？它总能以一种行走的姿势集中展现出来。向前、往后，方寸中，进退总有度；快慢、闪转，腾挪间，游刃有余，想来这就是水乡人的生活风格和做人的姿态吧。

这种世俗的欢乐自然而然地替代了对这方水土的庄严和敬畏。如今，水乡的村头、路边或广场成了人们生活的娱乐中心。天上一轮丰腴的月，地上几盏明亮的灯，河上的风轻轻地吹过来，抒情的曲儿低低地传过来，在这样悠远的旋律中，水乡一次又一次地沉醉在明月清风里。

物质生活丰富了的水乡人，精神追求的脚步从来就没停止过。不知何时，哪位高人又从外面引进了更带有激情的舞种，于是，水乡的舞蹈便被这群女子演绎得更加淋漓尽致了。

自由轻快的现代广场舞，柔美的舞姿似行云，舞出了天涯共此时的明月夜；似轻风，舞出了烟花三月田园的晓风杨柳；似流水，舞出了梦里水乡人热爱家乡的美好情怀。

充满动感活力的自由飞翔舞，或热情奔放，或轻灵飘逸，有时像白鹤亮翅，有时似玉树临风，令人神思飞扬。那些中年妇女脸上飞上的朵朵红霞，仿佛又回到曾经的青葱岁月，飞舞的记忆中，那个少年郎曾为谁推开了紫藤窗。

节拍轻松、活泼动人的兔子舞，蹦蹦跳跳间，每个人仿佛又回到过去，重温童年美好时光，每颗心都飞向远方，每张脸都写满快乐，每个明天都写满希望。

充满异域风情的新疆舞，快乐大方，热情奔放。人们在高天流云的乐曲声中，脚步踩出朵朵诗行，指尖绘出层层画廊，举手投足间尽显万种风情。

中老年人和年轻人一样随着音乐的节奏变换着脚步，调整着节奏，他们时而柔软轻盈，如翩翩彩蝶；时而旋转敏捷，眉梢里飘飞出风摆杨柳，鸟语花香；衣角上飘飞出红裳翠盖，并蒂莲开。

水乡人的舞步仿佛携千年而来，时光只不过是水乡夜晚高高吊起的一桶水，举手投足间，所有的辛劳苦难都被冲刷得心平气和，羽化成尽善尽美的幸福。水乡人的舞步，似一幅潇洒飘逸的书法，大地是宣纸，双脚是诗行，足音便是那平平仄仄。

在这方水土上，水乡人舞出了人生的健康，舞出了人生的快乐，舞出了人生的精彩。

纸上的故乡

一

在没有乡音的城市里，故乡就像卷在记忆里的一幅水墨长卷，一次次摊开，被无数次描摹。那些破烂朽败的老屋，风雨飘摇的小木桥，烟锁雾迷的村庄都被小河揽在怀里。村庄里，结着香炉型果实的老黄芽树下，铺着树影睡觉的大黄狗，淡墨描绘的

无垠田野，簌簌涌向我的麦香，小巷里半夜响起的咚咚脚步声，是永远匆忙的父老乡亲，芳草萋萋的垛田里，有祖父母荒凉的坟墓。故乡，这个游子梦中无数次出现过的精神地点，有着水墨浸淫过的虚幻。

二

里下河水乡的伸张，像一个充满风韵的少妇的裙裾，而赵家墩就藏在她的皱褶里。源远流长的故乡文化散落在童年的老戏台上，游走在街头乡村老艺人的渔鼓余韵里，飘落在大姑娘、小媳妇们的花船花担律动中，揣在伯伯怀里陈黄家谱的字里行间以及地方风俗民谣之中。

在离家的日子，赵家墩与老屋后的河流年复一年地沉默着，让人无法猜透。

正如许多文人心中的故乡情结一样，我始终躲不开心底对故乡的思念与企盼。一缕清风、一片云朵，甚至一滴雨露，都是一

个归乡的灵魂，都蕴含着淡淡的乡愁。

天气预报，江淮地区近期有特大暴风雨，我想，这是那些流落异乡的水，千里迢迢回家吧？

母亲来电话忐忑不安地对我说，市里搞区划调整，原来以烈士命名的那个镇被并入另一个镇区了，意味着故乡所在地从此归属别的镇管了。心里虽同样有些失落，但只能跟母亲讲这样的道理，小城镇建设推进了城市现代化的进程，区划调整可以最大限度地节约政府开支，并就并了呗。说了半天的大道理，知道母亲未必能懂，过了几天，母亲再次来电话，语气哀哀。

我像一条游向故乡的鲤鱼，被河流牵着，游走在村庄那些现代化的楼房和夹杂着的老房子之间，踏入这片土地，仿佛一下子接到地气和水汽，显得格外活泼。而眼前的村庄，到处留下拆除老房子的痕迹，七零八落，满目疮痍。记忆中的旧房屋、大树成片消失，手摇蒲扇的老人哪里去了？连一些熟悉的鸟儿也已不知去向。

从前上学的必经之路旁，有一座奢华精美的大房子，如今已

变得衰败空寂，摇摇欲坠，夹杂在统一格调的别墅中很不协调，无意中发现有老人隔着纱窗用清澈而明净的眼光看着我。

听说，当年这家富甲一方的房主已不再种田，奔向城市淘金去了，而其不愿离开故土的老父亲和正在上小学的孩子，沦为村庄孤单的居住者。乡邻说，平日老人从不理人，整天围着老房子转悠，口中叨唠些谁也听不懂的词语。有人说他疯癫，然而，在我眼里，他倒像一个参悟通透的禅师。

只有老人孩子的村庄，如一个个大大的鸟巢，空落落的。乡村被格式化成毫无情趣可言的居住地，统一格调的别墅。

在这片曾经熟稔的生存场景中，我努力地搜寻家园的记忆。一位老态龙钟的老妇迎面叫出我的乳名，眼里立时有了湿湿的感觉。原来，这里是家，是故乡啊，难怪在国外，一声乡音，一句问候，一个小吃，都能勾起游子的思乡情结，从而肝肠寸断。

那个晚上，我看到了小河上飘浮着轻纱般的雾气，以及挂在老家屋檐上一轮被漂洗得纤尘不染的月亮，轻轻摇动帘子，渐入中天，我不知这是不是远方游子祭乡的月亮。心像被人狠狠地揪了一把，多少年没看到赵家墩那样美好的月光了。自己恍若一个隔世的婴儿，不知不觉，早已泪眼蒙眬，很想狂奔到案头泼墨挥毫一首《浣溪沙》或《蝶恋花》。

三

当年，祖父在江南做生意，将伯父留在了那边，辗转流离中，伯父贴身存放的一定是祖父留给他的那本发黄的家谱。他

　　将封面上家乡的名字用朱笔圈上。故乡的名字，始终是他最美的记忆，谱牒上记载着生命的来处，从此，成为伯父纸上的故乡。

　　纸上的故乡是移动的故乡，行走的生命之根。这样的记忆是如此的疏淡，但当伯父如风筝一样孤独地飘零异乡时，故乡就如无形的长线一样牵系着他的灵魂。

　　虽是关山迢迢，被工作和生计牵住，但伯父每隔一两年必回一趟老家。前年，伯父生病了，而且病得不轻。

　　谚云"生有时，死有地"，似乎蕴含着命运的定数。伯父似乎知道自己的生命已走到了尽头。

　　最后一次回老家，堂伯叫出伯父的乳名时，他立时泪飞如雨。不得不回去了，伯父去了祖父母的坟上，坟上栽有四棵柏树，那是母亲特地为父亲他们弟兄四人栽的，若此，四棵树就代表四兄弟了。那天，伯父默默地在坟上拨拉了半天，最后抓起一把泥土，而后悄悄地折下坟上朝西北的那棵树上的一根树枝，背过身去，偷偷取出一方手绢，置入其中，眼中有晶莹的泪光在闪烁。

端午前夕，他安详地去了，临终前，嘱咐家人一定要将那把泥土和家谱随身入殓，墓碑上一定刻上故乡的老名字。

纸上的故乡，远在天边，又近在脚下，真正蕴含的只能是生活在别处。故乡于伯父来说，永远只能在心里，在纸上，一辈子，也无法走回生命的"老地方"。

四

故土是山之根、河之床、海之底，载万物、产五谷。父老乡亲世世代代在它上面，摸它、捏它，脚只要接到新活的地气就会感到温暖，劳作中得到休息，心里舒坦。于是，他们开心地在它上面栽树给小鸟搭窝，耕耘种粮，春炙秋尝，创造财富，这样的生活让他们心里踏实，又怎不让游子流连。

姑姑家的房屋和田地被征了开发办厂，刚刚建起的三层楼房被迫拆迁，开发商给予了很高的土地补偿，但当她看到推土机推倒房屋的那一刻，姑姑的脸一下子变得煞白，身子瘫软在地。失去了土地的姑姑突然间变得木讷而沉郁，虽说她搬进了环境不错的拆迁安置房，小区里也长上了绿树，事实上，那些树只是安慰那些失去土地的浪子的装饰。姑姑在阳光房内种上了蔬菜，有时拿着剪刀去修理楼下的树木，但那些树木是物业的，不属于她，姑姑苦涩一笑，自嘲，人老了，犯糊涂了。到底是谁犯了糊涂，谁也说不清。

城市变成了巨大的商品，变成了物，乡村被城市无条件地完成一个个陌生的进程，逼仄成不伦不类的边缘城市，瑟瑟地缩在一角，道路两旁到处"种"满现代化、黑压压的房子，天空被肆意分割，大片大片的田地被围墙圈起，杂草丛生，渐渐荒芜，等待那些钢筋混凝土怪物在它身上隆起。

在家园的转移中，姑姑失去了"发小"，失去了乡邻，记忆和情感都在移动，朋友和告别的人群又做了一次刷新。故乡，在心中就像一棵长了很多年的参天大树，被一下子拔掉了自己的根，剥离了充盈地气的泥土。从此，失去土地的姑姑，有生之年，脚下永远隔着一层踩不烂的混凝土，踩在草皮上，但脚却踩不着土地，感觉没有踩在土地上来得直接和实在。

征地、租地，脚下的土地早已成了一片废墟或一个空间，长不了庄稼的土地，已非真正意义上的家园。

走过一些地方，城市建设确实让大地变美了。一些建筑精品在眼前不断诞生，人们不得不为之击掌，不过，也有些人让故乡的土地变得丑陋，成为垃圾，让人不由得扼腕叹息。

也许多年后，我们的子孙后代对"故乡"这个名词会感到陌生。若在纸上读到小桥、流水、人家、炊烟、鸡鸭、老黄牛这些词语，他们或许会感到茫然，困惑。试想，他们会将上海的某个小区或南京的某个地点当作故乡吗？这些没有过感情联系和精神联系的地点，他们根本不熟悉。故乡不是一个简单的地址，故乡是一部生活史，是有温度的生活档案。

五

是什么让我们在不断的失望中继续前行？那是一个叫"希望"的东西，现实总是不够完美，但希望就像一场赌博，在不断追求完美。城市建设让希望的门一扇扇打开，先民们对人生的精细与诚恳，使他们从不敷衍塞责，所有的创造都围绕着建设美好家园。

新时期的村庄是充满魅力和生机的，城市的文明进程，让故乡"绿野丛中别墅林，电话铃声响不停；在家通晓天下事，高级轿车穿村行"。一条条通衢大道从城市延伸至乡村，谁还会一叶小舟在水上晃动飘荡，"千里江陵一日还"已是现实中不难的事了。父老乡亲不再拒绝人类文明的进程。他们绝不一味地沉湎于无聊的怀旧，绝不自欺欺人地逃避现实，而是以强烈的自我认同去面向未知世界。他们在追思遥远的精神源头时，绝不是为了回去，他们只是把这些记忆刻在心上、写在纸上，用行动的双手勤劳地建设着现实的家园，跋涉的双脚丈量着更加遥远的土地。他们是情感的归人，实践的过客。

那些炊烟，青草牛羊，粗陋的泥路，散乱的篱笆，小桥与古屋，走南闯北的艺人——静静地躺在梦之一隅，时光这块抹布一天天抹去故乡的记忆，日新月异的城市正在拧断我与故乡最后一丝连接。故乡也只能放在心上，在这个寂寞的夜晚写些苍凉的文字，慰藉孤独的灵魂，在被风吹起的纸上抵达故乡。

波光塔影

　　一支塔影认通州。了解通州，缘于不久前到北京参加一个会议，有幸一睹固守在清秋锁寒中燃灯宝塔的雄伟身姿和京杭大运河的迷人风采。

　　位于"三教庙"中的燃灯塔距今已有1400多年的历史。古塔寂静肃穆，凌云耸立于大运河的北端，塔身为八角形十三层砖木结构实心塔，分须弥座、塔身、塔刹三大部分，砖雕斗拱、佛像、纹饰甚为精美，是京门通州的标志性建筑，1979年公布为北京重点文物保护单位，是大运河北端的标志。据说当年运河船夫看见灯塔，就知道北运河的终点到了。

　　燃灯塔创建于北周，唐贞观、辽重熙、元大德、明成化、清康熙九年曾予以重修。虽历经八国联军洋枪洋炮的轰击，唐山大地震的殃及和岁月风霜的洗礼，而千年来，燃灯塔握着岁月、扶着忧伤，头顶宽广辽阔的天，任风云起伏、日月浮沉，总是以一种淡泊宁静的心态，直面尘情冷暖，以一种沉着从容的姿态，静对世态沧桑，把伟大写进平凡，把卓越写进淡然，在季节的轮替中，重复着不变的箴言，依然雄伟、壮观、挺拔、秀丽，是怎样的气度？又是怎样的襟怀呢？

　　微风徐来，铜铃摇响，悠悠音韵，动人怡情，仰望巍巍塔身，恍若步入仙境。沿着燃灯宝塔向东走200米就到京杭大运河了，这条河北起北京，南至杭州，全长1794千米，是我国与长城齐名的古代伟大工程，也是世界人类文化遗产。这是一条跨燕

赵、走齐鲁、穿皖苏、连江浙，纵贯南北达 3600 里长的贯穿人类文明的河流，使得海河、黄河、淮河、长江四大流域的政治、经济、文化和思想观念，都得到了广泛的交流，碰撞与融合，并渐渐滋润衍生出了京津繁荣、冀鲁风情、淮扬文化与苏杭美景。

京杭大运河以青石砌岸，白玉护栏，杨柳护堤，夜晚彩灯开放，流光溢彩。想必这座明清时期漕船络绎不绝、停泊待卸的商舶绵延数里、有"崇武连檐"之称的官用码头，虽修葺一新，现在却无一人一舟。想必"漕艇贾舶如云集，万国鹅航满潞川"说的就是当时通州的盛况。

立在运河之源头，惊奇于世上是否存在这样的画家，竟有那么神奇的力量，随意挥毫，就在始点与终点之间绘上了世上最流畅的一笔。这条人工开凿的大运河分明是从祖国心脏流向丰腴肌体并扩散到一根根毛细血管和神经末梢的一支大命脉。河里悠悠流淌的似乎不是水了，而是始终维系着中华民族兴衰，并一直在不断吐故纳新的血液。它以岸的姿势舔绿时光一路向前，走进凄风苦雨，走进纵横捭阖的岁月，深入孤独和痛苦，从一线缥缈到一派浩瀚，水流千古，闲愁千古。

和文友一行步入运河大桥上，那光彩夺目的灯光与熠熠波光相辉映。一树柳影，亘古千年，一座现代化的桥，擎起一个坚定的信念，执着地守候在季节的路口，等待一次又一次美丽的出现，来渲染生命厚重的色彩。也许每个人都是这座桥上的一朵美丽的花冠吧，每一次绽放都会在他的脊梁上刻下一道坚韧的内涵。

深秋运河的夜色，静谧如熟睡的婴儿般，眨动长长的睫毛，做着一个个色彩斑斓的梦。走在运河岸边，深深吸一口清新的空

气。澄澈明净的水，深蕴了千年清醇的灵气，在生命的根部涌动清纯的元素，顺着千年足迹在历史长河涓涓流淌，似多情女子舞动一袭青衣水袖，浅唱杨柳梢间月，一种相思，万种闲情。涛走云飞，放不下心头之羁绊，时光流转，舍不去心灵之缠绕。用清清亮亮的汁液滋润万物的生机，使生命的枝叶繁茂成硕果累累的思想，在肃杀的寒秋昂起高贵不屈的头颅。

翘首南望，浮想联翩，"发显仁宫，出洛口，御龙舟。舟四重，高45尺，长200尺。上重有正殿，内殿，朝堂；中二重有房百二十间，皆饰以金玉沉檀。挽船士8万人，美女9000人，皆以锦绣之采；艳丽夺目，舳舻相接200里"。"马声回合青云外，人影动摇绿波里"这样的场景，描写的是当年隋炀帝行幸江都，"下扬州观琼花""漕船往来，千里不绝"的一派奢华与繁荣的景象。

我仿佛听到这条流经我家乡的河流缥缈的歌谣，起伏跌宕、断断续续，于氤氲水汽中破空而来。脚下流水，节奏分明。试想千年以前，如此歌声，沉醉几人！如此歌者，多有雅兴！千年之后，谁还有如此之情致，泛舟于月色里纵横，做归来之夜唱！

"沧浪之水浊兮，可以濯我足""沧浪之水清兮，可以濯我缨"。窃以为：运河之水不论浊清，皆可濯我心。我不知道应该拿什么来比喻读这些给我带来的愉悦。读这条河流的时候，岸边的菊花开得正好，细叶抽轻翠，浅花逸淡香，清风配乐，流水调琴，一行人的脚步谱出平平仄仄的小夜曲，仿佛在丝竹管弦里弹奏别样的情致，那一刻我只能描它入画，让运河铺宣，在水墨丹青中临摹它的意趣。

风雨海春轩

　　时序交替，昼夜更迭。而海春轩塔似一位饱经风霜的历史老人，伫立在古老的运盐河畔十三个世纪了。他的喜怒与荣辱，他的思考与沉吟，他的叹息与长啸，全都蓄积于胸中。在月光中太阳里，醉着、醒着、梦着。他默默地，默默地用悠悠运盐河作墨，把自己的千年沧桑，演变成华夏东部的民族发展史。

　　是的，只要你稍加关注，还能从塔顶的铜葫芦、相轮、铁覆

盆或塔基哪个地方，窥出当年海水浸泡之后残留的盐汁，那直冲云霄的"定海神针"还残留着改朝换代的历史风云。在海春轩塔下，依稀听到清代诗人吴嘉纪"溪光浮佛舍，塔影压渔帆"的诵诗声；运盐河畔，隐约听到当年渔民撕心裂肺的哀怨呼号声；溪光塔影里，尉迟恭平定天下的厮杀声，渐渐地化为轻歌曼舞在溪边缭绕徘徊。海春轩塔高举着天空，触摸着岁月，董永与七仙女在他的肩上，岁岁年年、踏月相会，金月轮轮、玉光沉沉、其乐融融。

相传唐朝建立之前，山西朔州（今朔州市），尉迟恭之母曾到西溪避难。西溪东面是大海，沿海多为盐民和渔民。渔民出海捕鱼每遇浓雾或风浪，常有海难发生。尉迟恭的母亲见此情景，她叮嘱尉迟恭日后若为一官半职，定要在西溪建一座宝塔，以便渔民出海辨别方向。李世民后感恩于尉迟恭曾在战乱中救过他的命，在平定天下之后，遂准奏在当时军事要塞，全国重要的产盐之地南通到淮河口建一座方向塔，并由尉迟恭监造。此塔又有"孝母塔""尉迟塔"之称。

据清嘉庆《东台县志》、清光绪《扬州府志》《江苏通志》记载：海春轩塔为唐贞观年间由尉迟恭（敬德）监造。传说塔顶由"分风铜"所制，有了它，台风会越境而过，故沿海渔民称之为"定海神针""镇海塔"。

长天漠漠，黄海滔滔，千千阙歌，斑斓着海春轩塔不朽的魂魄。海春轩塔是有生命的。他被黄海和运盐河滋养着，个性里充满了水的圆融。仁者乐山，智者乐水。这水，天生就是为了启迪东台人民智慧而生的。海春轩塔因这水，成为从远古走来的智者，高高耸立于"董永故里，仙配福地"的东台西溪。

　　千百年来，这座七层八角砖结构的密檐塔，始终屹立在沃野之中。他见证着黄海的东迁，山川大地的变化，成了黄海之滨古文化的象征，东台人民心理的寄托，祖国东大门上的一道神圣的画符；成了镇服水患的神坛，也成了老百姓膜拜的图腾。然而真正使古老的海春轩宝塔回归温情、重焕光彩的，还是改革开放30年来，东台人民图存求新，顽强拼搏，脱胎换骨。老态龙钟的海春轩塔终于惊喜地看到，30年后的东台怎样由当年盐碱荒滩变成"东方湿地"，怎样变成"生态家园""黄海明珠""全国百强"；又以怎样崭新的姿态崛起在黄海之滨，焕发出现代文明的光彩。

　　如果说，滔滔黄海像一个胸怀宽广的父亲，广袤无垠的黄海大滩涂像历经沧桑的母亲的话，那么，东台百万人民就是这对奇特的双亲孕育出来的骄子了！海春轩塔，这位饱经风霜的老人难道不是这奇特的双亲那曲折多艰的见证人吗？是的，海春轩以他的古老和渊博，在默默地注视着东台改革开放30年的沧桑巨变，在默默注视着新东台在东方迅速崛起。

　　海春轩似一位历史巨人眯眼看树冠摇曳，风起云涌，雨落海纳，万象百态。赋心以灵犀，给思想以翅膀。目极八荒，神贯宇宙。如今，岁月滴雨苔藓，笙歌斯杀渐行渐远，代之以现代文明赋予的和谐和喧嚣。但那些斑驳的塔砖仍不时裸露出历史的痕迹，如兀立的塔基托起一段通往今昔的桥梁，连缀着东台人民心中那些神奇碎片。

　　滔滔黄海包含着中国东部历史的博大精深。那川流不息的运盐河水，蕴藏着黄海之滨百万儿女的顽强与坚韧，聚集着东台儿女的负重与拼搏。看到这些，海春轩这位历史老人，会产生什么

样的现代感觉?

　　一座阅尽人间沧桑的海春轩啊，就是一位见证历史发展的智者！他的每一块砖就是一首用历史圣火烧就的地方民谣；他的每一个砖缝都是黄海儿女承前启后的年鉴；他在风中的每一声呐喊都支撑着东台人民的喜怒哀乐。他的性格诚实厚道，他的身躯顶天立地，他的容颜历经风霜，他的精神负重拼搏，所有的词汇聚在一起，难道不正是构建和谐东台的一座历史丰碑，难道不正是百万东台人民安居乐业的人生殿堂吗?

速写宁夏

宁夏　宁夏

宁夏，我来了，一株凡俗的草，情窦初开，放下世俗，开始想念远方的春天。

在这个万物渐渐丰茂的季节，我从美丽的黄海之滨飞向你的怀抱，住在黄河边，吃着黄河水，唱着你的歌，念着你的谣，听着你的故事，诵着你的诗句，然后融入你的血液里，去做一次永久的归依。

　　身后高高的贺兰山脉和头顶上一只只不知名的鸟儿，围着我吧，让我闭上眼与你们来一次幸福的拥抱。

　　河滩上，流浪了一整个冬天的羊和我一样，期待天顶上温暖的阳光驱走内心的寒气。

　　被蓝色颜料浸染过的天空下，青草的呓语，小鸟的呢喃，阳光的虔诚，还有我的吟咏，一遍又一遍回味着《黄河大合唱》的雄浑之音。

　　不要去寻觅第一个走上丝绸之路天涯羁旅的痕迹。三万年前，他踏破铁鞋，越过千山万水远走他乡，再也找不到来时的路。

　　不要去探究是谁的胡笳声声叩开西夏的大门，那些轻歌曼舞，早已淹没在黄河号子的声声呐喊中，嵌入沟渠纵横、阡陌相连的"塞上江南"的肌肤里。

　　不要追问丘陵山坡下，谁是开挖出一排排窑洞、第一个挥镐刨土的那个人。

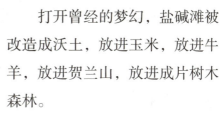

　　打开曾经的梦幻，盐碱滩被改造成沃土，放进玉米，放进牛羊，放进贺兰山，放进成片树木森林。

　　多年前，它早已看到了前方的炊烟袅袅、村庄杨柳、小桥流水、人丁兴旺。

　　这不是幻觉，看吧，所有梦想进入你的信仰，渴望像火一样燃烧在黄土地上。

满手握的都是大豆、高粱，在阳光下噼噼啪啪，热烈爆响，红红的枸杞在阳光下放逐梦想。

满喉咙的黄土唱出来的都是高天流云，曾经沧海的欢畅。

满心装的都是浑然未开，秀外慧中的光芒。

满胸膛装的都是树静草闲，野花烂漫，珠玉满堂。

穿过丝绸之路，车辇滚滚，旌旗猎猎。

透过唐宋的风，星光呼啸着进入午夜的森林。

翻开我的教科书，我听到了驼铃声声，马嘶驴鸣，一朵云低低俯下身来，一粒沙子急急飞过来，一株杨柳妩媚地坐下来，是塞北江南河边的临水照花，是百川之首楚楚动人的姿势。

是上下五千年的生死相依。

宁夏，请理解我对你如此的虔诚，如此的幻想，请允许我再次将你膜拜，并允许我大声对你说："我爱你。"

我知道，越过万千人群，我也不过是黄河里的一滴水，大漠里的一粒细沙，贺兰山落日下的一个剪影。

宁夏，今夜我要去黄河边取一把泥沙做个暗记。

我要让我的儿女我的子孙世世代代走近你、记住你、解读你。

我要告诉他们，这一粒来自西夏；这一粒来自西周；这一粒来自秦朝；这一粒走过大唐……

我还要说，宁夏，来了，我就不想走。

因为我自打看你第一眼，就想进驻你梦里，从此不再醒来。

黄河金岸

一条河流像条巨龙，从巴颜喀拉山上挟沙裹石，摧枯拉朽，咆哮而来，潇洒地拐过九曲十八弯，悄然远去。

烈火焚烧过的黄土地张开双臂将你包裹。听着"花儿"声声，西北之魂，你成为一只温驯的绵羊，离大地更近了。

隔着沙湖无数只候鸟的鸣叫，接天莲叶，枸杞晶莹，我看到千年前黄皮肤、黑头发的一群人，在贺兰山脉，开疆拓土，种下了庄稼，种下了村庄，也种下了无数的子孙。

穿过沙坡头的风沙，听着"大漠孤烟直，长河落日圆"的千古绝句，我看到最古老的水车在你身边飞舞，浑厚的歌谣从羊皮筏子上手拿木桨的老人嘴里飞出。

其实我更想乘着羊皮筏子在黄河大峡谷看你，看你一年又一年，鲜花、野草、树木，弯月散晓星，晨烟伴鸟鸣。

去看中华黄河坛图腾过客千帆的梦想，仰望青铜峡大坝的雄姿，身后黄河西岸的喇嘛塔群。

　　玉米高举着旗杆飘出醉人的香气，"黄河金岸"一个太阳般有质感的名字，在这个名字里面，每个停息的小站都有打捞不尽的历史。

　　在灵武黄河书院面前，听到了千年前的琅琅书声，我慢慢渗透自己，先是思想，而后是灵魂。

　　平罗头河湾，春风杨柳千丝绦，弹着竖琴，扬着花。

　　这里的情思随风舞，随云飞。

　　我的内心也从波澜壮阔到风平浪静。

　　在吴忠黄河楼上，每个迷人的笑脸都是温柔可人的，都是亲切的，我早已将他们深置于心。

　　透过这些，我看到隐身的草色，明媚的河流，听到落在枝头的莺啼。

　　我的情思，固守着一切美好的词语。

到底需要多长多久的谪放啊，我若置身三万年前，许我落在你身旁。

而经年之后，兑上一壶酒，对着天上的明月，谁将和我一道，祭奠我精神的归宿，我前世的故乡。

黄河说

从亘古出发，几万年的时光只是匆匆一瞬。

越过悬崖万仞山，我以奔跑的姿势横冲直撞，泥沙俱下，与贺兰山融化的雪水一道，汇入大地的血管，栖身在白云背后的家，从此被称作家乡。

在一个个炊烟袅袅的早晨，我见过百万年前的蓝田猿人刀耕

火种、打鱼狩猎。

在风沙漫漫、尘土飞扬的河滩上，我的血滋养过三万年兴盛的王朝。在高高的贺兰山畔，我和成吉思汗的子孙以血换酒。

在每个四季妩媚、莺歌燕舞的岁月，我敞开胸膛，品味春耕秋收，硕果满枝。坐看晓风残月、桃红柳绿，收获荷红藕胖、瓜果飘香。

和着天光、飞鸟、日影以及果蔬的气息，混着花香、情人的呼吸以及树荫下的私语。一切动物和一切植物都在继续匆匆赶路，说出大地最丰富的语言。

草坡上一群吃着绿草的滩羊忘记带菜篮子，它们个个长着高傲俊俏的白长脸，像个大家闺秀，又似个思想者。它们低头闻着大地的气息，各自猜着山林、绿地、美景以及草尖上的露珠的心思。

时光在后面追赶，测试着我的定力。

听着一曲牧歌，不再寻找什么思念。

踏过一片草场，又奔向下一个始点。

走进一片春天，我汇入一片苍茫。

会唱歌的石头

再登普陀，正是初冬飞雨、天昏地暗、巨浪滔天、寺院峭立、人间繁华敛尽时。

素有"海岛植物园"之称的普陀山，四面环海、潮生梵音、古樟遍野、紫竹婆娑、幽幻独特，不失为"第一人间清净地"。寺塔崖刻、梵音涛声，皆充满佛国神秘色彩。岛四周金沙绵亘、渔帆竞发、青峰翠峦、银涛金沙环绕着古刹精舍，是高僧沙弥参拜的佛地，是善男信女祈福的圣地。

普陀的雨，也是细细的、绵绵的，像断了线的珠子似的，绸缎般柔软，清洗得天地别样的静默。天一静默，人心中的藩篱也被冲洗得水一般空明宁静。树梢上落下的雨，点点滴滴落入尘埃，归于静寂。这样，静的更静，暗的更暗，惆怅的更加惆怅，一切都暗合了佛家净地的意境。

青石板铺就的路上，沾上雨，一行人走着，湿滑无比。道路两旁翠绿的树似乎暗沉了些，却更加浓厚了。走着走着，同行的人便稀稀拉拉的，队伍渐渐松散，有人咕哝：什么天呢，坏了兴致。

天似穹庐，笼盖四野，一路走向纵深。树荫里，隐隐约约不知从哪里传出清丽静谧的佛乐。初听不过一些安静的、空灵的、

婉转的、低调的音符，细听原来声音是从石头里传出的。有同行的人惊喜地嚷："咦，石头怎么会唱歌？"

头顶不断有懒散的云飘过，有勤快的风吹过。再往前走，到处有会唱歌的石头，仔细观察，竟然是一个个用石头伪装的小音箱。渐渐地，同行的人便都静了下来，每个人的脸仿佛朵朵莲花，层层叠叠，次第绽开，眼前仿佛有粉的、紫的、黄的、红的、五彩缤纷的花，一下子，全开了。后来，连包裹花朵的叶子们都低着头战栗起来，竟像我柔软的、无法克制的内心。有些潮湿的液体，慢慢地充盈着身体，感觉在那些花和草的绽放中，在这清淡而又不息的乐曲中，自己仿佛从亘古的沉默中被唤醒。

普陀梵音，余韵不绝，此刻，早已把自己交给苍茫，把喧嚣的城市留在了身后，心地也纯净起来，有了隔世离空、浮世飘零的感觉。

在开始热闹的南海观音处，摩肩接踵的香客，同行的人都各自走开了。寺院里有信众在念佛，当当的木鱼声一下一下传来，久久不散，许是瞌睡了，或是远道而来，疲惫不堪，或是人老了的缘故，快一声慢一声的。在我看来，这愈发彰显出世人的本真和安详，和儿时听到的外婆打连枷的声音一样好听，倍感亲切，那是尘世间的温馨。

此刻，我成了一个读者，细细地一字一句地去读每个人的表情，人们的虔诚，人世间的光华，生怕错过一个字、一个词，从而错过了普陀梵音的意韵。

走近普陀，感觉别样的清静，海面上吹来的风，路边石头里婉转的曲，细腻的吟唱，钟磬梵音，此起彼伏，隐隐约约的烛光，是香客们上香的烛火，红红的火苗，寂寂地荡漾。原来，普陀的底色，最终是温暖的。

雨住了，沿着木板铺成的路往回走，清冷的风中便漾起阵阵涟漪，石头里的歌声渐行渐远，百转柔肠之后，似思念，又似祝福。

春萌冬萎，自然之造化，同样，作为人也不能自列于山水之外，一样的景物，一样的声音，却有了千姿百态的好。想来，因不一样的心境，石头也会唱歌。

步步莲"话"

　　留得残荷听雨声，这是古人说的。去普陀山普济寺途经一荷塘，那如江南男子性格温文的细雨，稠稠地、绵绵地洒在残荷上，却听不到一点点声音。

　　灰暗的天光下，冷冷清清悄然而立一池残荷，花开过，莲蓬采过，那些曾经遮天蔽日的青荷，大都折戟沉沙，栽到泥水中了，只有几茎残荷在风中坚守，不扭摆、不低头，一副纤尘不染、岿然不动、宠辱不惊的泰然。

　　还记得上次来时，正是人间四月天，见到的是团团疯长的荷叶，一池的绿意，别样的风情。然而，好久不来，荷老了，真的老了，我不来，你怎么可以老去呢？

　　看着一池颓败的枯荷，心里突然觉得好像缺了点什么，原来面前的枯败之象是不符合我的审美的。想来这水中芝兰，生于沧浪而成于风露，于风雨飘摇中凋零，甚而萎败了。但我知道，它们始终是坦诚且矜持的，也许是阳光，烛照太刺眼，它们才低下高贵的头颅，遮遮羞颜吧。

　　荷又称为莲，芙蕖、鞭蓉、水芙蓉等是其雅称。荷含苞待放时称为荷，开得大方起来，灿烂起来，肚子微微隆起来，便称为莲了。当它们繁华落尽时，一个个莲蓬里，包裹着一颗颗感恩戴德的莲实，其精神是如此的富有，也许，那才叫活着，活过。到这繁华世界走了一遭找到真正的归宿，也算得上是求仁得仁吧？

　　荷的冰清玉洁，出淤泥而不染，濯清涟而不妖，中通外直，不蔓不枝，深受多数人喜欢。以至于《红楼梦》曹雪芹笔下的晴雯死后变成了芙蓉仙子，贾宝玉在给晴雯的悼词《芙蓉女儿诔》中道："其为质，则金玉不足喻其贵；其为性，则冰雪不足喻其洁；其为神，则星日不足喻其精；其为貌，则花月不足喻其色。"

　　"看取莲花净，方知不染心。"相传莲是王母娘娘身边的一个美貌侍女玉姬的化身。人间双双对对，男耕女织的怡然让玉姬动了凡心。她逃出天宫来到人间，甚而流连忘归。王母娘娘知道后用莲花宝座将玉姬"打入淤泥，永世不得再登南天"。曾经的千娇百媚，虽九死而不悔，从此守住内心的风花雪月，似高挂在人们心中的灯盏，散发着岁月的芳馨，照亮了人生旅途上的雪泥鸿爪、辙印履痕。

　　再走几步，看到普济寺门前的荷塘里开满艳丽的荷花，水晶蝉翼般的红花瓣，娇艳灿烂的金黄蕊，熠熠生光，直把弥天暗影

衬托得金碧辉煌。近前细看，原来是绢花，终觉悖逆自然。

拂袖转身。在去南海观音的石板路上，刻有大朵大朵的莲花，人走在上面，正好是一步一朵，有人数了共18朵莲花，遂问看门僧人，方知这就是传说中的步步莲花。关于此，还有个典故，据说，释迦牟尼本是天上的菩萨，下凡降生到迦毗罗卫国净饭王处。净饭王的王妃摩耶夫人，美丽贤淑，国王和她感情笃深。新婚之夜，朦胧中摩耶夫人看到远处有一人骑着白象从她的右肋钻入腹中。摩耶夫人怀孕了，脸上泛着淡淡红晕，似一朵绽开的莲花。娑罗树下，摩耶夫人降生佛祖时，百鸟和鸣，万花盛开，琼香缭绕，瑞霁缤纷，大地铺彩结，人间散氤氲，沼泽中突然开出伞样大的莲花。佛祖一出世，便站在莲花上，一手指天，一手指地说："天上天下，唯我独尊。"释迦牟尼觉悟成道后，起座向北，绕树而行，一步一莲花。

南海观音处，高大的南海观音金身塑像立在巨大的莲花上，慈眉善目的观音菩萨一手持净瓶，一手执白莲，俯视芸芸众生，人间万象。有信众在观音像前奉上朵朵黄色莲花，在这人间繁华敛尽时，这鲜活的莲花从哪里来，名叫作什么，始终未能知道。只听说这是人们专门用来供奉佛祖和观音菩萨的。大殿内佛祖释迦牟尼的坐像，结跏趺坐在莲花台上，据佛经说，这是释迦佛祖修道成佛后向信徒们讲经说佛的姿态。

后来在翻读佛经书籍时，还知道人们将佛国称为"莲界"，寺庙称为"莲舍"，和尚的袈裟则称为"莲服"，和尚行法手印称为"莲华合掌"，和尚手中使用的"念珠"也是用莲子穿成。以莲子作念珠掐念，所得之福，可谓"千倍"。

莲的花语是信仰。莲与佛教所主张的出世人格，有着天衣无缝般的契合。佛教认为，人间烦恼多于恒河沙数。人生应如莲有宁静、愉悦、超脱的心境，这也是莲花所蕴含的清净禅意，只有心似莲花，才会步步生莲。

千垛菜花千岛风光

　　一个晴朗的下午，与朋友相约，踏足兴化缸顾的千垛田，大大小小，无数个垛子，或长、或圆、或方、或密集、或疏离，像颗颗灿黄的珠子零星地撒落在水面上。一幅"河有万弯多碧水，田无一垛不黄花"的自然风貌，令人怦然心动。

　　河如阡陌，千岛花黄。来到这里，才知道，原来这里就是梦中无数次到过的地方。

　　初来乍到者定不会想到，这里曾是泥土特缺的泽国水乡，也

不会想到，这灿如云霞的垛田，竟是兴化的先民们一方土一方土从水里捞出的，似燕子衔泥一般，种上油菜，堆成风景，如此，才有了这千般的心动。

　　蜂拥而来的游客，成了千垛菜花

间最跳跃的音符，打破了这里的沉寂，使小镇变得生动起来。原来，又是一年菜花黄，今年，是兴化第二届千垛菜花节了。

或许是从没见过这漂浮在泽国水乡菜花开放的姿势，或许是这蓬勃的气势太过于热烈，太过于恢宏，太过于张扬，这里的菜花和别处的不一样，千垛菜花却是有点让人恍惚。恍惚间，千垛菜花又有什么不一样的东西与我们觌面相逢呢？

垛为泽国，大大小小的，四面环水，如此，垛与垛间往来，皆需舟楫。老农悠悠地驾着小船，橹声、桨声飘荡在水中，舒心的笑意写上了他们的脸庞。扎红头巾的船娘摇着晃悠悠的小船，蝴蝶般地在花间穿行，有风从身边轻轻吹过，有云在天上悠悠飘过，轻描淡写中，岁月从身边悄悄流过。

用木头架起的一座座长桥穿行在阡陌之上，将无数星星点点的垛田连接起来，桥桥相连，于是垛田与垛田就有了一气呵成的

流畅气度。

有花轿、唢呐吹吹打打从花间穿过，于是，一些欢声，一些笑语一并淹没在小桥流水间。还有情人相搀相扶缓缓踏上了小桥，这时，锁雾烟迷的小桥，则成了淡墨描绘的一幅画卷。

花间的脚步因为翘首眺望、驻足流连，或是散漫的，或是轻快的。不过，这里的许多脚步最终都留给了小木桥。来自四面八方的人们走过桥、走过时间、走过此刻、走进花间，同时，也走进了郑板桥的故乡，更走进了兴化的历史和未来。

菜花是一样的菜花，一样的朴素无华，一样的晶莹剔透，一样的金黄灿然，环顾四周，挤挤挨挨，相亲相爱，蓬蓬勃勃。在里下河水乡，菜花漫山遍野，比比皆是，而像兴化的千垛菜花只有一个，景致和别处却是大不相同，一个个独立的垛田像一只只金盏盛满玉液琼浆，黄得耀眼和动人。这样的炫目是实实在在的唯一，只有静下心来细细观察，才会体会与别处的真正不同。因为有了水中的美丽船娘，花间的朴实老农，桥上娇羞的情人，所以，这里的菜花少了几份洗练和超拔，多了一种散淡与写意，少了一份浪漫和华贵，多了一份平白和朴实，少了几份妖娆和辉煌，多了一点人间烟火味。

登高远眺，轻波流韵，独特的创意，视觉的冲击，让初来乍到者心花怒放。如果说千垛田的每枝菜花是一口井，那么这千垛田里的数枝菜花就是一条河流了。那么，这里的老百姓就是这条河流里的故事，是创造一个个活生生故事的根源和因果。因此，这菜花就多了点别样的特色，也许就是所谓的兴化特色吧。因此，我见到的这些也就是兴化劳动人民勤劳的见证，智慧的结晶，也是打动我们的最初和永恒。

梧桐蔚生，有凤来仪。正因有了这样的别致和生动，得到了来自上海、南京等大都市人们的认可。他们按下快门在花间留下永恒的美好回忆，把这种最原始的美丽和形态带回家中，永久珍藏。

作为兴化的千垛菜花，那些扎大红头巾的船娘与江南女子的青花头巾有着某种形式上的区别，但又有着某种内在的精神联系和质的相似。这些女子都代表了最勤劳朴实、最丰富的生活缩影。她们都与日常生活已达成了默契，从而在日积月累中沉淀为坚定的理念和方式。她们春天生活在万花丛中，秋天收获果实无数，春炁秋尝，教导子孙，直将千垛菜花沉淀为焕发着熠熠光华的乡土文化。

高耸入云的塔，划破水面的影，一如兴化的历史，恰似一个漫长而短促的叩问。不徐不疾，是行人从容的步伐，游

人和光影里的千垛菜花仿佛成为一对深爱的夫妻，琴瑟相和，地久天长，时光亦如高高吊起的一桶水，冲洗着来自都市里的人们一颗颗浮躁的心。

绵延的河水弯弯曲曲、曲曲弯弯，悠悠的，深邃无边，仿佛告诉我们，生活本平淡无奇，但不乏美丽的元素存在。只要我们用心去发现、去创造，一定会从身边挖掘美丽、挖掘财富、创造奇迹。

仙缘寻踪

当年，七仙女一不小心把情爱留在了西溪，从而成就了一段千古佳话。

去董永七仙女文化园寻访仙踪，是在寻找内心轴坐标的，西溪是横坐标，天仙缘就是一条纵坐标。幽梦、流逝、古典是主题。飞波流韵的肝肠河，淡墨描绘的老槐树，古意拙朴的碑廊亭台，烟锁雾迷的通贤桥等一一展开，无不沁着仙风气韵。

古今交融的园境营造，汉唐风韵红瓦牌楼，有着暮春与初夏交接的淡淡色光，自有三分的婉约，七分的内敛，引起无数初到者的好奇，去探究千古传奇故事背后沉浮的前世今生。

园子不大，但很静。寻园，在于会心，会心处才有幽、有曲。所以，来这里热闹不得，求静、求隐，这种线性关系，若能与古人实实在在地接上，也是运气。

"情贤二桥"，穿越古今，连缀两岸，将西溪景观大道、董永七仙女文化园南大门与泰山寺、海春轩宝塔和西溪景区连成一线。

照壁上周巍峙题写的园名灵动潇洒、遒劲秀逸，与《天上人间》浮雕相映成趣。背面石刻的浮雕壁画，每一个故事都回到从前那个美好瞬间。老槐树下、凤凰池边、缫丝井旁，董永与七仙女恩恩爱爱、鸳鸯戏水，百年好合；土地公公微笑着隐在树干上；天庭六仙女载歌载舞飘然而至，为之祝福；八字桥畔，仙鹤冲天而上，迎接众仙女。天上人间，古意拙朴，完美和谐。

把城市留在身后，把自己交给苍茫。踏上通贤桥，若是手扶

栏杆，双眸远眺，闲愁千古、水流千古。想来，董永七仙女缠绵悱恻的故事是在路上相遇、桥上盟誓、河上相别的。

董贤祠内董永像、孝子碑、金桂树、寿字格，使西溪，一个邻近黄海的古镇因孝文化而闻名天下。

历史上的董孝贤祠位于古运盐河与肝肠河交汇处，台南董贤村境内，始建于明万历年间，系金陵兵宪陈学博为纪念董永所建。院内有土建"董永墓"，当地人塑有董永像一尊。"董永传说"2006年被国务院批准为国家级非物质文化遗产。

遥想当年仙姬七女眷顾西溪这块胜地，古镇及附近地区与董永传说有关的地名达50多处。园内浮雕长廊内的12幅画面浮雕，将东台版本的"董永传说"完美演绎。这些典故在西溪方圆几十

里内都有证可考。

鹤落仑是"传说"中的古遗址，七仙女驾仙鹤而下的地方。

缫丝井为曹长者家中井，是"传说"中留存的珍贵古迹。

曹家大院位于缫丝井院内，在东台镇晏溪河居委会境内。

凤凰池为"传说"中古遗迹，在东台镇泰山居委会境内。

舍子头是"传说"中的古遗址，在泰东河南岸，今台南杜沈境内，与西溪河隔岸相望。

辞郎庄前辞郎河，位于东广路辞郎桥下，相传是董永和七仙女依依惜别分手的地方。

如今它们的轨迹，它们的神态，它们的喜怒哀乐，全托付给董永七仙女文化园内的流水了。

夕阳下，《董永与七仙女》汉白玉双人像，晶莹洁白，一尘不染，纯澈透明，栩栩如生，与人们觌面相逢，让人觉得恍若隔世。

董永七仙女文化园东大门上"天仙缘"几个金色篆体大字，祥云相衬，庄严大气。走在董永的传奇里，所有的心思仿佛都浸在里面，没有了退路。小桥、亭台、流水……仿佛带着仙人幽幽的情绪，缓缓而来，自己也可羽化成仙了。

荷风莲影尽芳菲

　　去了"中国荷藕之乡"的宝应荷园，才真正领略到"接天莲叶无穷碧，映日荷花别样红"的真正意韵。那浩瀚湖荡中竞相开放的荷花，红的娇艳妩媚，白的纯洁如玉，在绿叶映衬下，或娇憨、或妖娆、或淡雅、或孤傲，行色各异，舞尽风情。难怪杨万里称其为"恰如汉殿三千女，半是浓妆半淡妆"。

　　撑把伞，迈着细碎的步子，与江苏微型小说研讨会的老师们一同步入享有"苏中沙家浜"美称的万亩荷园深处。碧水翠树，烟云流泻，亭阁舍宇，烟柳画桥，逐波廋舟，迤逦连绵，风车飞旋，一景一物，都是水墨大师笔下的泼墨豪情，皆让荷乡泽国蒙上了犹抱琵琶半遮面的神秘。

　　荷园不过万庙，然而，历史已过千年。相

传很久以前，宝应五湖四荡除了东一簇、西一垄的芦苇、蒲草，就只有白水一片。一日，玉帝和王母信步瑶池，拨开云层俯瞰人间，只见安宜东荡一泓碧波，方圆百里，湖荡风光，水天一色，唯缺少花卉点缀，玉帝遂命荷花仙子捧出瑶池莲子，撒向湖荡。从此，湖荡莲叶田田，粉白嫣红，恰似瑶池仙境。

　　也许是来的人多了，扰了荷的清静了吧。它们比平日少了一份热烈和激情，多了一番温婉和韵致。翠绿而硕大的荷叶上，经不住炽烈的阳光直射，晶莹剔透的水珠，实在挽留不住了，便让一颗滚烫的心倏然滑落水中，那动作仿佛与情意绵绵的情人告别，去做一次心灵的远行，而不得不依依惜别。荷叶与水珠的那份娇羞与柔情，轻易就把心事染却得微暖。

　　空气里游浮着一层荡涤一新的水汽，鲜洁、清爽。碧水清澈

见底，鱼、虾、蟹、龟、鳖在荷间随意游动，率性而为。伸手水中挥撩一把，如绸纱沾身，舒缓柔情，又如青丝浮动婉约飘逸，有种缠绵悱恻的暧昧之意，包围于一片清凉的飒爽境地。

"美人红""大紫红""雁来争""野莲""鄂莲""洪湖莲""太湖莲""太空莲"，一个个都有着鲜活的名儿，仿佛向世人敞开着的一幅幅古典而又现代的山水写意长卷，淋漓尽致地铺陈于沧澜大地之上，收缩于恒远心灵的意醉之间。

流波荡舟，荷红藕胖。这样的场景让人有了大声放歌的欲望，这时，宝应文联的一位女同志轻启朱唇，舒展歌喉，湖面上立时飘荡出一串串音符，一首水乡情歌带着泥气息、土滋味。接在后面的劳动号子，绝对的水乡原生态，让久违的情愫袭上心来，令同样生在水乡的我差点落下泪来。

水中肥叶如扇，左摇右摆，憨态可掬，数点嫩红隐在其中，如无数双纤纤素手，美玉天成，擎出水面，蜻蜓点缀其上，濯弄起一湖碧波涟漪，成了盛极一时的大舞台。花摇叶颤、碧叶婆娑，正如从大唐盛世的一首《霓裳羽衣曲》的古典悠远中走出一群仪容绚丽的少女，翩翩起舞、裙袂飘飘，自然如泉水流淌，空灵如鸿羽飘旋。此刻，穿过湖面的风、掠过湖面的鸟儿，在视野里舞出好个歌舞升平的盛况。

有了歌声相伴，又有了另一番心境。龙趣岛、水上乐园、湖心茶坊、一品亭、忘忧长廊、荷韵曲桥、七彩风车尽收眼底。采片莲叶当帽作伞，田田的荷叶，袅娜的花朵，硕大的莲蓬，缕缕的清香，凝碧的波痕，源源的流水，仙境般的景致，顿觉岁月静好。

从宝应文联同志口中还了解到这片荷园是江苏省莲藕新品种

引进和良种培育基地。风靡国内外数十年的电影《柳堡的故事》曾在这里拍摄，一曲"九九艳阳天"传唱了几代人。

一路荷花、一脉心香，恬静淡雅如蝶翼翕动，似熏风猝涌，扑跌入怀，无限清逸、爽朗，就像啜了一口地道的芬芳清茶，心胸肺腑里鲜活地走了一遭，滋润了一道，心神就醉在那一心一意的自在里，整个的我就成了一首侠骨柔肠的抒情诗，诗情和画意一起疯长。此时，每颗观荷的心就是含苞素荷一朵，不定何时会"扑哧"一声，花开蕊吐，绽放成一片美景。一片叶子就是一个奇思妙想，一朵荷花就是一个警言譬喻。无论是小舟泛荷，还是顺着湖岸慢慢地走，遍地的锦言绣句波光涌动，只恨脚下太慢，读不尽这风情万种。

湿衣看不见，落地听无声，不该是深藏古籍里宁静的诗情，而属于天下芸芸众生心有灵犀一点通的灵感。生命的际遇让我有幸与这片荷塘觌面相逢，有了一种他乡遇故知的感觉，很想偷偷采一个成熟的莲蓬装进口袋里，希望来年在我心灵深处的某处水域也能长出一片新荷来。

幸福的港湾

　　清溪边，依河立楼，树荫间，粉墙朱瓦，红的花、绿的草，星星点点围着村子，幸福地开着。甘港，这个绿水环绕，民居星撒，具有里下河水乡特色的村落里的一切，都跟时间兑成了鲜花绿草、青枝绿叶，兑成了遍野的绿绸、绿缎在风中起伏摇曳。

　　甘港不过几里，历史已过千年。有历史的地方便要留下记载，因为记载是为了让这个小村的命脉与文脉得到延续与延伸。据载，宋代之前，甘港以东还是一片汪洋，每遇大海涨潮，海水淹没庄稼，十年九荒，民不聊生。自范仲淹接任西溪盐仓监后，组织当地百姓围海造田，修建成范公堤。至此，境内河水清澈甘甜，甘港也由此而得名，同时见证了滔滔黄海汹涌奔腾，渐渐向东而退，一眼千年，将沧海桑田收进眼底心间。

许是看多了历史的风云变幻，许是听过甘港诡谲鲜活的陈年过往，俯仰之间，这里清流淙淙，玉带环翠，鸟语盈盈，蜻蜓叠翠，柳树含烟，阡陌鳞栉，禾苗如茵，氤氲的水汽里，潋滟的波光里，到处闪烁着先贤的人文之光，涌动着生态绿色的波涛。董永七仙女文化园，仙湖农业现代园，每一处诱人的景点都附会了一段美丽的神话，串场河、车路河，每一条河流都衍生出许多古老的传说。

走进村中，随意叩开哪家的院门，一股浓郁葱茏的乡村野趣和恬淡宜人的田园气息扑面而来。这里的人家房屋多为两层的别墅，楼下客厅宽敞，楼上住人，中间是敞亮的天井，引清风、招日月、接天雨。若是晴天，登梯上楼、俯瞰高瞻、把酒临风或一家人围坐于楼台之上，泡一杯新茶，就着暖阳，慢慢地啜饮，气贯胸臆，领略到在致富奔小康的路上，唯有放手一搏，才不负这滚滚红尘风雨兼程。

若是阴雨天，左邻右舍围在一起嗑着瓜子，打牌聊天，或用电脑上网购物，浏览信息；或手拿电视遥控器，任意调换着频道，看着高清数字电视。此刻，丝丝雨丝从天而落，敲打着一条条宽阔的水泥路面，叮咚作响，天人合一，绵绵不绝地讲述着光阴的故事，提醒你，即便是盖世英雄，也离不开人间烟火。这里不是天堂，也不是仙境，这里燃着的是千家灯火，飘着的是万家炊烟，是甘港老百姓真真切切、实实在在的生活。

　　茂林修竹深处，啾啾鸟鸣，咯咯鸡唱，"绿满园"草鸡养殖场的鸡已住上了五六层的小高楼。你看，小鸡住二楼，母鸡住三楼、四楼，公鸡住五楼、六楼，一楼就留给鸡们做会客厅了。甘港现代化生活真是无处不在。

　　农家屋前屋后，是一畦畦菜地，马兰头、豌豆、黄瓜、辣椒、苋菜等群蔬荟萃，碧绿一片。这里汇聚着各式特产和原生态美食，汇聚着五烈三宝，汇聚着东台十大名菜和十大名点，里下河美味和江淮名肴，是远近闻名的美食街区。

　　客人来了，可以品尝到原汁原味的农家菜，饮农家酿制的美酒，吃香喷喷的甘港大米饭、五烈"三宝"——黑宝牌黑猪肉、富春园果蔬、绿满园禽蛋。这些绿色食品都带着一个个好听的名字漂洋过海，登上了都市殿堂，引领绿色、生态、健康、营养饮食新时尚。

　　甘港人用包容的态度，传承历史的积淀。馆藏实物和文献资料2000多件的中国东台村史馆，全面展示中国农村的发展历程，开全国之先河。

　　甘港人用奔放的性格，展现乡村的绚丽，叶子、苗木，三季有花、四季常青，成为中国最具特色宜居城市的绿廊、花廊。

　　甘港人用开阔的胸襟，迎接世界的挑战。碧城商贸园、不锈钢城、汽车城、年销售30亿元的省级现代服务业集聚区指日可待，撑起南北产业对接、东西联动开发的接力新跳板。

　　甘港人用创新的理念，成就一个又一个奇迹。甘港湖农民乐园，"七仙女家园风光带"含苞待放，呼之欲出。港池、港湾、港溪、港湖坦然演绎原生态水乡风情。

　　周末若带着家人来这里，无论是浓荫下的野营小聚，还是曲径通幽处与恋人携手双飞，都有种"采菊东篱下，悠然见南山"的舒适闲散，放纵心灵感受"曾经沧海难为水，除却巫山不是云"的大悟大彻，恍然间心若无物了，羁绊、名缰利锁消于无形，一种仿若参禅悟道的空灵境界油然而生。若唐代大诗人杜牧地下有知，亦当欣然命笔：借问桃源何处是，牧童遥指甘港村。

南园幽梦

花枝草蔓眼中开，小白长红越女腮。

可怜日暮嫣香落，嫁与春风不用媒。

　　　——李贺《南园十三首·花枝草蔓眼中开》

春回大地，南园百花竞放，艳丽多姿。

辞去奉礼郎后，李贺由长安返回昌谷（今河南宜阳）家中，过起了辞官后的闲居生活，一门心思研究诗歌，寻求创作灵感，以其独特的方式——骑着瘦驴，背着锦囊，到郊外野游，成就了焕发着独特异彩、奇峭冷艳的李贺风格。

清晨，他沿着昌谷南园幽曲的小道去散步。

最令他赏心悦目的是，日中花开，南园里那些高昂怒放的花以及葱茏柔婉的小草，姹紫嫣红，碧绿成片，参差错落，旖旎无限，洒满了整个春天。

这满园的鲜花，粉白红润、摇曳生姿、风情万种、娇艳无比，宛如西施故乡的美女。

一切美得恰到好处。

他觉得心旷神怡。

素来，读书人都是爱花的，看到花红易落，顿生无限感叹，面前这些光鲜美丽的生命，终究会伴随春萌冬萎，转瞬凋零。

春归何处？因何总要决然远离？

他叹，叹今生，谁舍谁收？

"可怜日暮嫣香落"，世上最是好景不长久，到了"日暮"，百花凋零，落红满地。

他怜，草木也知愁，韶华竟白头。

当时，他不过二十来岁，正当年轻有为时，却不为当局所重用，犹如花盛开时无人欣赏。想到红颜难驻，容华易谢，不免悲

从中来。

　　"落花不再春"，岁月任蹉跎，眼睁睁看它花残人老，沧桑荒芜。

　　不如委身于春风，不需媒人撮合，没有任何阻拦，全凭两相情愿。

　　其实，花何尝愿意离开本枝，随风飘零，只因盛时已过，无力撑持，春风过处，便不由自主地坠落而已。

　　直白隽永，点破世道人心。

　　如今，面对花草繁秀、春光易老的景象，怎不令人触目惊心啊。

　　忘不掉，7岁那年，就以长短歌而名动京师。

　　忘不掉，15岁携《雁门太守行》拜谒韩愈，备受赏识，结为忘年交。

　　忘不掉，19岁参加河南府试，因成绩优异，被推荐应进士举。因父名李晋肃中的"晋"与"进"同音而受到攻击，导致终身未能入仕途。

　　"男儿何不带吴钩，收取关山五十州。请君暂上凌烟阁，若个书生万户侯。"这些征服自然的理想，不难看出他宏伟的抱负。

　　他，是一个有理想有进取心的人。

　　追踪溯源，他父亲李晋肃也算得上皇室后裔，却未沾上多少祖上遗泽，但他却有挽回颓势、中兴大唐的非凡之志。然而，朝廷已日渐衰败，"肌体腐烂"，凭他一介书生，岂有回天之力。

　　也许，悲剧的开始往往毫无征兆地向命运伸出手来，把种子悄然埋下，等待开花结果的那一天。

　　他虽没有惊心动魄的爱情故事，但有过一场幸福美满的婚姻。

　　18岁那年，新婚燕尔的他，春风满面，文坛得意，挥笔写下

《美人梳头歌》。

> 西施晓梦绡帐寒，香鬟堕髻半沉檀。
> 辘轳咿哑转鸣玉，惊起芙蓉睡新足。
> 双鸾开镜秋水光，解鬟临镜立象床。
> 一编香丝云撒地，玉钗落处无声腻。
> 纤手却盘老鸦色，翠滑宝钗簪不得。
> 春风烂漫恼娇慵，十八鬟多无气力。
> 妆成鬖鬖欹不斜，云裾数步踏雁沙。
> 背人不语向何处，下阶自折樱桃花。

通篇虽没有一个"爱"字，但字里行间，美人对镜梳妆，慵懒惊艳，喜爱之情溢于言表，夫妻恩爱，琴瑟和鸣，岁月静好，引人遐想。

人生的际遇往往也是如此，也许当时是年轻气盛，元稹前来拜访，他不屑接待，结果遭到后来成为文学泰斗的元稹的报复，从而在以后的科考中没有实现进士及第的宏愿。

用时下的话说，他是一个酸文人，他升不了官，不会利用人脉资源厚着脸皮跑跑后门，文章写得行云流水，却不能科举及第，是痴；一生苦吟，虽有万丈豪情却平生不得志，是痴。

也许，世上一切美好的东西本来就让人还来不及享受，就遁于无形、消失殆尽了。

也许，死亡如同一场盛宴，你我都将赴约，只是她比你先行，所以挽留不住。

似水流年，如花美眷，18岁那年，因病香消玉殒，先他而去。

总说爱坚不可摧，但有时恰似一池碧水、一树春花、一帘月光、一陌杨柳，也会干涸、萎谢、褪色、苍老。

妻子早逝，对他来说打击很大。

> 井上辘轳床上转，水声繁，弦声浅。
> 情若何？荀奉倩。城头日，长向城头住。
> 一日作千年，不须流下去。

一首酣畅民歌笔调写成的《后园凿井歌》，充满了他对佳人的期待和依恋。

天人遥隔，佳期如梦，上天过早地夺去了他的心爱之人。他的世界里从此春光不再，一切的一切，如衣上酒痕诗里意，点滴皆是凄凉意。

在韩愈的举荐下，他来到长安，谋得"奉礼郎"的九品芝麻官。一向伟岸清高的他，其间备受煎熬，忍受不了充当宗庙祭祀的小官之辱。他于是，带着失望和悲哀愤然辞官，回到河南老家昌谷。

"我当二十不得意，一心愁谢如枯兰。"自此，他理想不再，壮志已老。

才二十岁出头的他，便已发白如霜、枯瘦如柴，就像池塘边老了春心的杨柳，再也舞不动了。

孔子说："诗，可以兴，可以观，可以群，可以怨，迩之事父，远之事君，多识于鸟、兽、草、木之名。"诗可抒不平之怨，可达社会之用，可寄山水之情。从长安回到家中，家人的关怀让他有了些许暖意，他终日苦吟，与诗为伴。

《唐文粹·李贺小传》载："每旦日出，与诸公游""恒从小奚奴，骑距驴，背一古破锦囊，遇有所得，即书投囊中。"李贺的执着，令活在当下的我们也钦佩有加。

他所处的年代是一个动乱的年代，短促的一生中，他经历了中唐德、顺、宪三朝。从出生的那刻始，社会环境就逼着他一步步走向诗人之旅。

"天若有情天亦老，人间正道是沧桑。"一生落魄的他，用冷艳低沉、阴郁险怪的诗风概括了他坎坷的人生。

晚唐著名诗人杜牧对李贺的诗歌，有着精辟的概述："云烟绵连，不足为其态也；水之迢迢，不足为其情也；春之盎盎，不足为其和也；秋之明洁，不足为其格也；风樯阵马，不足为其勇也；瓦棺篆鼎，不足为其古也；时花美女，不足为其色也；荒国陊殿，梗莽丘垅，不足为其怨恨悲愁也；鲸呿鳌掷，牛鬼蛇神，不足为其虚荒诞幻也。"

"寻章摘句老雕虫，晓月当帘挂玉弓。不见年年辽海上，文章何处哭秋风。"作为时代文人的他，读书无用、怀才见弃。盛唐时期的昂扬之气已一去不返，取而代之的是对命运前途的担忧，昔日辉煌盛世已成为永远的怀念和向往，怀疑和否定，最终导致他对主观心灵的追求。

时局阴晴翻覆，唐代强藩交乱不止，宦官飞扬跋扈，内部倾轧不断，致使政治气压升高，弄得人人惶恐不安，文人只是政客手中的棋子。他有才，但他始终是挣扎在浊世旋涡里的筹码，漂泊沉浮，不得救赎。

"边让今朝忆蔡邕，无心裁曲卧春风。舍南有竹堪书字，老去溪头作钓翁。"他何尝不希望做一个用苇笛去吹响生命之歌的人，他还希望老了去做一个悠闲自在的钓翁呢！但现实却让他心痛得把这根苇笛折断。

因为人有时真的很脆弱，脆弱到用逃离去感知世界的邪恶。

当他拿不起这个苇笛时，终于把它交还给了未知的世界，拂袖而去。

廿七岁那年，他的泪水终于流干，年轻的生命正如冬日的南园，凋零荒芜，随风陨落。

人生如梦，梦如人生。

对他来说，恰恰如此。

菱秀水乡

　　一方水土，因风雅而美丽。一个古镇，因历史而闻名。位于苏中平原的溱东，怀倚里下河、身滨溱湖水，河网密布、沟渠交织、畦田相望、阡陌如绣。湖、滩、荡点缀其间，稻浪、荷塘、蟹池、菱荡随处可见。早在新石器时代良渚文化中期，溱东"开庄遗址"就有人类环水而居、靠水而生、依水而存的活动印迹。"青蒲阁皇娘登龙舟"传说之处，水乡泽国，风光旖旎。

　　"浩浩者水，育育者鱼。"水，不仅养育了溱东人，而且渗透于溱东人的生产、生活的各个领域之中，孕育了独特的水乡饮

食文化。这种文化，清丽委婉，外巧内慧，情调殊异，自成一格。

　　畦田之利，利在鱼稻；溱东之美，美在菱藕。水乡地湿，水生植物就多。溱东的先民们长期从事水生植物的种植、采集，培育出菱藕、慈姑、荸荠等。因此，菱和藕、慈姑、荸荠统称为

"水乡四秀"。

菱，生长在水中，与绿波依偎，与红鲤相吻，经受风的爱抚，水的拥抱，蝶的撩拨，蛙的挑逗。风起时，根扎得沉沉的，叶立得稳稳的，不随波逐流。狂风暴雨、烈日雷电从没有动摇它生根、开花、结果的信念。因此，在诸品之中，尤以菱为上品。

每年三月，花开水暖的时候，溱东人就从集市上买回菱种，往水乡的沟河、水塘中一撒。清明后，清波粼粼的河面上浮起一个个梅花形的菱盘，星星点点，不久就漫满了整个河塘。立秋前后，密密匝匝的菱盘上开出一朵朵粉白色小花，结出一只只鲜嫩的菱角。

菱花开了谢去。翠绿的菱叶装扮着水面，满目碧翠，并有了"南岸雨声北岸晴，青荷盖上断虹明。方舟载得菱歌去，十里莲塘蛙乱鸣"的迷人景致。

过了处暑，"漾漾泛菱荇，澄澄映葭苇"，正是采菱的好季

节。晴空万里、白云悠悠、波光潋滟。大姑娘小媳妇们，呼朋引伴，搭上红红绿绿的兜头，色彩鲜亮的衣裳，把腰肢勒得细细的，她们乘菱舟、举兰棹、开水纹，竞逐于菱叶之间，挥起纤手翻动菱蓬，摘下水灵灵、嫩生生的鲜菱。

水乡溱东菱塘遍布，菱种繁多，河湖沟塘，遍植菱秧，菱角也是多种多样，有四角菱、两角菱和无角菱，还有野生的三角菱。从皮色来分，又有青菱、红菱、淡红菱之分。常见的菱角，两头尖尖，好像"金鼎"；还有种红菱，两角伸展弯尖，仿若振翅飞翔中的蝙蝠。因此，溱东人还喜欢将菱比喻为柔美的佳人，这恐怕是有一点道理的。

"我家住在水中央，两岸芦花似围墙。"面对倒映在水中的稻穗，苍翠的树木，摇曳的芦苇，姑娘们情不自禁地亮开嗓子，唱起了丰收的采菱曲："欲采新菱趁晚风，塘西采遍又塘东，满船栽得胭脂角，不爱深红爱浅红。"稻黄鱼肥桂子香，八月菱角舞刀枪，小伙起藕赶早市，姑娘采菱供月亮，菱秧攀在莲荷上，月里嫦娥当红娘。"

一边采菱一边歌唱，"荇湿沾衫，菱长绕钏。泛柏舟而容与，歌采莲于江渚……"谁想南朝梁元帝《采莲赋》中所写的情景，千年之后复现。脆生生的菱歌，和着轻风细流，在水面上漂动。水乡菱藕熟，晴野稻苗新。姑娘们采着采着，菱角立时起仓，载得一船清香，一船希望。

菱角上市了，菜场集市上又见卖菱的担子。买下一两斤鲜菱，喜得孩子们活蹦乱跳；卖菱女眉眼笑成弯弯的月牙，她们撸起袖管，露出白嫩浑圆藕段般的手臂，一捧又一捧忙不迭地往人家篮子里送菱角。不过，姑娘们自家很少买菱。不是不爱吃，而

146

是屋后的河浜里，还有满池的菱角。

　　溱东人种菱是行家里手，吃菱也别具一格。菱肉可煮熟了吃，也可生吃；菱肉削成片、刨成丝、切成丁，和着自家地里的菜蔬生炒；也可用它来红烧肉、红烧鸡或者和着豆腐、腊肉、鲫鱼一起氽汤。因此，这样的季节，溱东家家煮菱，菱香扑鼻，随风飘逸。"秋夕宴中，剥菱佐酒，明河影里，煮菱夜食，香气四溢，诚乃水乡秋夜之一景也。"人们围灯而坐，一边剥菱，一边议事，小小的菱角，真实地折射出溱东人生活的幸福光景。

温泉水滑洗凝脂

  池，在露天之下。一汪汪清澈的泉水，或置于千年古树之下，或隐于苍翠的竹林之中，或坐落于青山巨石之后。和煦的阳光透过一层薄薄的水雾，温暖地抚摸着星撒在层林中的浴池，钻石般地熠熠发光，蓝天也遮盖不住，有如一只炯炯发光的天目。

  隆冬时节，天地间繁华已然敛尽，却挡不住人们前来泡温泉的热情，周日与同事相约到江南，兴致从容地欣赏了江南水乡的细腻纹理。在品尝了名扬天下的天目湖砂锅鱼头后，又来到了三省交会处的溧阳"天目湖"御水温泉，试图用氤氲的江南气息洗涤疲惫的身心。

  吸足了天地精华的泉水从山上缓缓流下来，这些泉水流入莲花形的池中，则成为一朵朵清澄碧透的莲花，盛开在碧水蓝天之中。流入方形的池中，天圆地方，契合了易经中不因时移，不为人变的某种机理。流入圆形

　　的池中，则变得温婉从容，应和了大音希声之后通透圆融的人生
境界。

　　　卸去厚重的冬衣，换上色彩艳丽的泳装，披上洁白的浴衣，
穿行于江南茂密的树丛竹林间，我们俨然成了一只只破壳化茧的
白蝶，又像一只只叫声尖锐、身形矫健的欢实鸟儿。大地之上，
蓝天、白云、绿树、翠竹、泉水、美女，成为时间这条河流最为
稳妥的映衬。

　　　之前听说这里有男女混浴的风俗，有些惊讶。当走近浴区，
看到浴池里一些男同胞在，也许是过多受到儒家文化的影响，同
来的几位女同胞虽也冻得直哆嗦，却不好意思下到浴池里去，在
池周久久徘徊，但最终抵不过寒冷的侵袭，以及氤氲的泉水的诱
惑，羞答答地卸却浴袍、脱去拖鞋，慢慢步入池中，池中的男士

友好地微笑着。这里到处弥漫着浓浓的人文气息，伴着温暖的泉水瞬间漫过全身，一时间，我们有了回归的感觉，所有人都还原了大地儿女的本来面目。

掩在树木花草后的浴池有些是半露天的，池中卵石的布局和庭院中的树木花草都像苏州园林一样错落有致。仰面阖眼，琴音莹空，清冽的泉水，不急不缓，在耳膜中游走，汩汩地流，雾气从周身冉冉升腾，晕开层层水汽，池的四周一些知名不知名的植物的叶子们都低着头战栗起来，微风一吹，满树的叶子一刹那从顶至底染上了太阳的颜色，在阳光下翻着无数棵铜钱，倾泻着斑斓色彩，绚烂无比。

在玫瑰红酒泉、生姜泉、当归泉，形形色色各种温泉池间奔走，与固体的石、流体的泉、气体的氤氲融为一体，物我两忘，一些暖暖的情愫，慢慢地充盈着身体，让人有种恍如隔世的幸福

感。这种感觉竟像我柔软的、无法克制的内心。感觉，在那些花和草的绽放中，在这清淡而又不息的乐曲中，自己仿佛从亘古的沉默中被唤醒。渐渐地，额角上沁出细细的汗珠，四肢百骸，通体舒泰，心中的藩篱也被冲洗得水一般空明宁静。在这寒意渐浓的冬日，似乎只有温泉，才是与时间最为丁卯相对的。

人们最先想到的两大无与伦比的自然之赏，一个是秋日赏漫山红叶，另一个则正是冬日泡舒适的温泉。如果没有在冬日享受过温泉，就成了冬季最大的遗憾。《水经注》中多次提到温泉的保健作用："鲁山皇女汤，可以熟米，饮之愈百病，道士清身沐浴，一日三次，多么自在，四十日后，身中百病愈""大融山石出温汤，疗治百病。"有羞花闭月之貌的杨玉环因温泉水洗去凝脂，"回眸一笑百媚生，六宫粉黛无颜色"。据说杨贵妃有十一年到过华清宫养生，美容浸浴温泉，以葆其青春风韵。"春寒赐浴华清池，温泉水滑洗凝脂"这一千古名句，道出了中国古代四大美女之一的杨贵妃减肥护肤、保持丽质的奥秘。

要是在春天，池四周到处婆娑着翠翠的竹、绿绿的树、青青的草，这又将会有怎样的妖娆姿态。如今讲究的，早已不仅仅是形式上的泡温泉，而是一种心境、一种意境。冬天在天目湖的恒水泡温泉，这种静谧且充满书香的氛围，更适合倾诉，适合静思。

纤纤发丝绣乾坤

　　说来有些惭愧，有着1500多年历史的东台发绣，虽近在咫尺，于我来说却有些隔，不是万水千山之隔，不是雾里看花之隔，而是面对面不能相知的隔。

　　5·19发绣节，上级要我写发绣节文艺晚会节目串场词。因为缺乏对东台发绣的相关了解，在一个阳光明媚的下午，我满大街地乱逛。在街头我看到了一排排经营发绣的店铺和工作室，便

有心上前访一访，于是，我找到了这家绣馆。

在这里我看到了东台发绣最为原始的面目，一个个绣架兀自竖在那儿，染成赤、橙、黄、绿、青、蓝、紫的头发摆在一旁，绣绷上绷着薄如蝉翼的丝帛，一只神态逼真的猫在上面戏蝶。我问绣娘这是什么绣法，她神秘地一笑，说："你两面看看就知道了。"我这边看看，那边看看，然后冒失地问："是双面绣吧？"绣娘点头微笑。

双面绣的名字，慢慢品来，别有意味，是速写时下一种世态心情，隐喻着同一种人生，会活出不一样的精彩。它有时带有情绪化，摆脱了常态的种种思维，以形形色色、不平常的心境，组织在同一画帛中两个不同平面上，在转化绣品的过程中，将生活中千般苦涩、万种情怀，表现到了极致。

于是，我尝试着用写意的心情去看发绣，细看每个绣架旁，都有两个绣女面对面地飞针走线。绣架上，花在上面开，鸟在上面唱，蝶在上面舞，鱼在上面游，还有蔬菜、庄稼和家禽，都在上面鲜活地飞翔和成长。松鹤延龄，虎虎生威，人物山水，十分传神，令人眼花缭乱，美不胜收，用温润如玉这个词来形容东台发绣，再恰当不过了。

东台发绣用料很是讲究，所用头发非少女秀发莫能绣，特别是传统中国画、中国山水画、中国书法、人物画像、动植物写意等。那些富有东方艺术气息的双面绣，那些湿润光泽的毛发，在绣女的指间，缤纷上场，让人有一种轻触微温的感觉。那些反映水乡生活题材的双面绣，一块丝帛的两面绣出两种不同动物，水墨画一般，设色繁复，品质润洁，情节和赋色上也有着自己的个性思想，将水乡的光线与色彩顺延到绣面上，有一种延伸的阅读感。

生在水乡的绣女们用自己的青丝，将智慧荣耀和一生的梦想都绣在了上面。"肌肤毛发，受之父母"，古人对于头发向来敬重，成就一件发绣作品的往往是信念、信任，而远非绣工针法这么简单。

源于唐而兴于宋的发绣，北宋徽宗年间曾专门在宫中设绣画专科，在大英博物馆收藏着南宋赵构之妃刘安的发绣《东方朔像》。如清康熙《绣考》中所载："唐海陵西溪发绣阿弥陀佛……"我真神往了，西溪古集镇乃东台之根，唐代曾是全国最大的盐场之一的东台西溪乃发绣的发源地。而在唐代，西溪商业繁荣，佛教兴盛。据说，信女们为了表达对佛的虔诚，纷纷剪下长发绣成阿弥陀佛的字样，而后在佛前虔诚地跪拜。一时间，民间青年女子为表达对爱情的忠贞，纷纷效仿，从头上剪下青丝，灯前月下，飞针走线，绣上情郎喜欢的花鸟虫鱼。

一旦头发成为某种象征承诺，青丝为证的发绣也就具有了神秘的诱惑力。品味着这些与生命有着某种关联的名词，立时滋生出某种敬畏之心，却区别于别样的情愫与文心，这文心，是虚实相生的。

东台的发绣艺术在历经朝代的风云、战火的洗劫之后，到了清末民初，几近衰绝。20世纪70年代初，东台工艺厂一帮师傅弘扬中华民族优秀文化遗产应有的担当，一群下放在盐阜地区的苏绣艺人加盟东台工艺美术厂，让东台发绣柳暗花明，一幅巨幅名画《清明上河图》让东台发绣蜚声海内外。今年5·19发绣节上，我带着采访任务走进发绣节专设的绣馆。一排排绣架旁，一个个戴着蓝花布头巾，清一色的身着蓝色花布袄的绣娘，以丝绢为底，以绣针为笔，精工绣制一幅幅发绣作品。其用材奇妙、清秀高雅的格调让来宾赞不绝口。展厅内一幅元代大画家黄公望晚年力作绣成的《富春山居图》以其636.9厘米的身姿亮相展会，因为它问鼎全国最高奖项——中国工艺美术精品奖金奖的特殊身份，引起了不小的轰动，让来自全国各地的来宾驻足流连。

同苏州的苏绣，上海露香园的顾绣，湖南的湘绣一样，发绣作为一门艺术，堪称中国工艺美术世界里的一朵奇葩，古朴典雅、雅洁秀丽且色泽自然。记得儿时每年曝伏，母亲总会从箱底翻出用五颜六色丝线绣成的花花绿绿的门帘在阳光下曝晒。母亲告诉我，这是刺绣，是外婆给她的嫁妆，这就是我对刺绣最初的认识。而面前的发绣与儿时记忆中的刺绣那艳丽色彩有着质的区别，这种用少女青丝织成的图案有着青花瓷的神韵，水墨画的

留白。

发绣因其用材的奇特，工艺的精湛，风格的典雅，融书、画、印、染、绣、织、装裱于一体，仅针法就运用滚、施、缠、套、接、切、扣、虚实针等数十种针法，达到平、齐、细、密、匀、薄、和、顺、光等最佳艺术境界，从而做得秀、奇、俊、丽，而被誉为"天下一绝"。一幅长达 1241 厘米的画卷，12000多个人物，将山水人物、世间百态尽揽画中。世上最长的刺绣作品 500 罗汉图，以 3300 厘米的身姿出现在绣都东台，并获得多项国家级大奖，荣登吉尼斯榜。一幅中国画十大名品之一的长卷《姑苏繁华图》，以浓墨重彩写尽康乾盛世古城苏州的繁华，在全国工艺刺绣大赛上获得金奖，可以称得上是绝唱。近年来，东台先后绣制出《长江三峡全景图》《八十七神仙图》等一大批发绣长卷。有着 1500 多年辉煌历史的东台发绣，在历经清末民初近一个世纪的沉寂之后，像一个哑音后的长调，破空长啸，为世人瞩目，成为东台的一个文化符号。

我终于明白东台发绣之所以雅丽于其他，缘于它曾经的磨难，诸多历史影像使然。就像东台的董永七仙女传说一样，这些里下河水乡人文特色，文化元素，仿佛美人的胭脂，为这水乡绣色抹上一些神奇的色彩。

了解了东台发绣，我的审美情趣，越来越接近这件古老温静之物，喜欢这种精致水乡的古典，小小天地，可见山水，可见天地，氤氲有灵气，回味起来，内心如五线谱，起伏不定，绵延万里。

天地的遗产

　　如果不是从面前这个叫开庄的地下出土了大批的陶器、石器，我无论如何也不会想到，在蔚蓝的天空下，关于祖先文明的端倪竟然会隐藏于这个有着大地画廊的圩田之下。历史，竟在此际与我交错，我们之间，只是隔了一层泥土，若近若远，有形无形。这些深埋于地下的碎片，竟保存着祖先生存发展的原始秘籍。

　　这个当年叫着海陵郡的地方，因为黄河夺淮而沉睡地下几千年的开庄遗址，带着最初的光芒，从远古的良渚时代而来，经过岁月的淘洗，带着亘古的梦，在我们面前真实地醒来。它静静地沉埋于岁月的遗迹里，若无其事，等待着时间流逝5000多年后，等待着人们惊喜的目光关注它。

　　站在风和日丽的田头，背对着水乡溱东的开庄遗址，我拍了张照片，内心竟觉得可笑，这么宏大的历史，怎么可能在我小小的相机里装下？

　　"青蒲阁上出皇娘，东窑烧出金龙床"，循着远古的麋鹿和飞鸟的足迹，依稀听到先祖流浪迁徙的歌谣，看到先祖春烝秋尝、桑梓栖居的痕迹。走进水乡溱东，我们仿佛走进了溱东历史的深处，与"开庄"有着同样悠久历史渊源的"青蒲阁"与这片土地的碰撞，大笔书写了溱东波澜壮阔的历史。青蒲阁的第一缕

　　青烟，凝固为我畅想的古老画轴。秦始皇移山填海而使这里原先的一片汪洋大海变为水草丰茂的滩涂湿地，也由此有了后汉书"海陵麋鹿，千百成群"的记载，"国舅庄""凤凰垛"的民间传说，让人想到一个老得没有年龄的溱东，一个把无尽的人类文明留作天地间遗产的溱东。

　　地处九州之一的古扬州的溱东青蒲，走过禹贡，走过殷商，走过春秋。当年，汉高祖在这里建广陵县，隋文帝又将此地并入海陵，吴王刘濞在这里"招致之命，海水煮盐"。因此，作为里下河平原碟形洼地东部边缘的溱东，自古素有"鱼米之乡，西南之富""二胡之乡""麋鹿之乡"之美誉及"东台金三角"之称，它成为里下河藤蔓上的一个宝葫芦，"全国文明镇"的殊荣更让这方水土增添了一些传奇色彩。

因此，不管去没去过溱东，一定不会对位于水荡东部边缘那片环河圩田的新石时代良渚文化的开庄遗址以及出皇娘的青蒲阁感到陌生，每当提起溱东青蒲和开庄，人们就流露出充满敬畏的神色和语气。他们不无骄傲地说："皇娘阁旅游风景区建设已全面启动了，不久的将来，一个更加美丽的魅力新城就会展现在世人面前。"

于无形之中，开庄遗址，青蒲阁以及溱湖水的地方文脉也滋养了这里的一切，锻打出里下河平原上坚韧的溱东人民，谱写了水乡溱东异彩纷呈的精彩故事。如今，在里下河平原的圩田水荡中，有着物宝天华的水乡溱东，成为一部无字的浩帙书卷，这

方水土，注定要奔流涌动着原始力量的河流。这个小镇，天生养育了一群拿龙捉虎的汉子和披星戴月的女人。他们用勤劳的双手描绘着幸福美好的蓝图，这里春来菜花黄，夏临荷叶绿，秋至桃子红，到处莲香扑鼻，杨柳轻拂，青草茂盛，瓜果飘香，稻香蛙唱，荷红藕胖，这里的一年四季到处流淌着文明与快乐的声音。

快乐文明的溱东，氤氲的水汽里，潋滟的波光里，莲花绽放、暗香浮动、鹧鸪声声、渔歌号子、桨声如歌。白鹭成了这儿的舞蹈家，在水乡的河面上踏出流利的圆舞曲，年年岁岁不知疲倦地与云朵亲吻，野鸭野鸡鸬鹚成为水乡溱东诗意的标点符号。在它们的点缀下，构成一幅水乡风情、人文特色、生态宜居的水乡原生态水墨画。

水墨画的溱东洼地里出产的"溱湖簖蟹"个大黄肥，声名远扬。"溱湖簖蟹"与"高桥鹅"、淡水青虾、龙虾、甲鱼、黄鳝、淡水鱼、菱角、松花蛋、砂咸蛋等美食一起漂洋过海，登上都市殿堂。

来过溱东的人没有吃过"溱湖簖蟹"就算没来过这里。"溱湖簖蟹"蒸熟之后，雌的蟹黄红中带金，雄的蟹膏透明软腻。但凡有幸品尝过"溱湖簖蟹"的人，大概一辈子都忘不了那大快朵颐、唇齿留香的鲜美滋味，直呼：曾经溱湖难为水，除却簖蟹不是鲜。

因此"溱湖簖蟹"成为"溱湖八鲜宴"中的重彩，银鱼、青虾、螺贝、甲鱼、四喜、水蔬和水禽则像众星一样拱着"溱湖簖蟹"这轮皎洁的月亮。若是一对"溱湖大闸蟹"再配上一盆半辣半不辣的鸳鸯螺蛳，一盘连壳都是透明的白灼青虾，一份当地土产的绿壳鸡蛋炒银鱼，一份用溱湖里的虾和鱼做的"虾丸鱼饼"，一大盆老豆腐炖蚌肉，再炒上一盘碧绿生青的水芹菜，剥上几只老菱，最后上一碗清炖甲鱼，这顿溱东家宴才算绝对过瘾，让人终生难忘。

来过溱东的人就会明白，当地方的历史文化、美食文化、民俗文化以及其他文化已无法用语言悉数表达。溱东的事物可以归于天然陈述，譬如，溱东的丝毯、布烙画、溱湖刻纸这些民间工艺多次走进中央电视台，渗透入千家万户，成为不可复制的水乡瑰宝。还有溱东的瑶台音乐、水乡号子、荡湖船、舞龙、唱凤凰、灯会、花船、花担、舞狮子以及踩高跷，这些从远古而来的民间艺术，就像盛开在历史河流中的一朵朵水乡奇葩，或许，可以抵达一种永恒之境。

且歌且行

九月走近南黄海

听着大海的潮声，睁开混沌千年的双眼，看日升月落，潮涨潮落。

那一瞬，是谁让我的心像蓝天一样空明，流云般欢畅。

浪花喘着粗气，朵朵绽放，鸥鸟掠过海浪，声声鸣叫，飞舞的风车，在天空舞得更加奔放。

此刻，绿树正青、黄花正黄，绵延无际的沙滩，裸露出经年的风霜，弯弯曲曲的港汊，托起星星点点的渔帆。盐蒿草，高举着季节的火把，四处奔跑。滩涂上，亘古的息壤，向东迅速生长。

迎着澄澈的碧蓝，谁的候鸟在头顶上欢快地翱翔。

拨开遍地的芦苇，谁的羊群在阳光里尽情地歌唱。

多情的蒲公英，揣着久远的梦，飞向比远更远的地方。

该回家的，都将回家；没有家的，大地就是一个很好的避风港。沿着一滴海水，我在寻找抵达灵魂的天堂。

南黄海哦，我来了就不想走，零星搁在你身边的小船风帆虽已折断，但岁月的痕迹从未抹去，昂首面朝大海，等待每一个春暖花开的日子。

盐蒿草怀想

天地太初时，你就与大海同在，叶冲云天，根卧地下，与清冷的月光共享雾霭、流岚，共担风雨、霹雳。

春夜里，当那些湿漉漉的同伴睡得正酣，等待苏醒时，你带着梦呓，裸露着身体，抢在它们前面早早醒来，努力成长，一片片、一簇簇、一丛丛，长成大滩涂最瑰丽、最原始的调色板。

最值得骄傲、最不显孤独的理由是，面对太平洋西岸唯一没有被污染的地方。在全球经济最大化的时代，人们忘却谁应对过去和未来负责，成为被驱赶的羊群时，你独善其身，不去想太多的事，过着春华秋实的安稳生活。

你在美化世界的同时，也在创造一个完美的

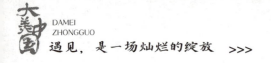

自己。

如果不是红帆船曾从你身边经过，如果不是战争的炮火曾经烧毁过你的毛发，你不会知道，秋的荒凉，冬的阴冷。

青天辽阔高远，你无声无言，彼此对峙，目光却早已高过飞鸟才能抵达的高度。

海上风电

把一切虚无的东西排开，蓝天作帷幕，大地当舞台，舞动水袖，闪亮登场，当一回生命的主角。

拨开荒草，将脚板深深潜入地下，把信念高高举过头顶，将滩涂切开，需要一种智慧和力量。高大的身影，快速的心跳，你

来我往，千军万马打开天堂之门。

阳光轻抚着身体，在人们忙于将自己推销给世界的时候，你怀着朴实的理想，默默站在荒凉的土地上，喝着四季风，吐着新能量。

黄昏被一只鸟儿拉长，港汊的灯火已渐渐阑珊，你独自醒在南黄海一隅，沐着我微薄的敬仰，站成一道风景。

风光鱼互补

是谁，在荒滩安营扎寨，绽放梦想；是谁，不知疲倦双手捧着灼人的太阳。

清澈的海水潺潺流过，鱼儿驮着碧波欢快前行，云端飞舞的风车，像奔驰的骏马，一次次涮过万里月光，寂静的周身一片安详。

慢慢地，鱼儿满仓，悄悄地，呼风唤能。

播种与撒网更迭，风机与电磁板辉映，在风风雨雨里共同迎接同一轮月升，同一个日落。

轻轻走近你，每一步都感受到燃烧的温度，静静地靠拢你，为何听不到你喊累的声音。

这样的场景，不必惊奇，碧波之上，稳稳端坐尘世的你，每日拭亮太阳，让我远远地仰望，而你的高度，我却永远无法测量。

此刻，蓦地明白，把自己交给对方，和对方一起温暖，不离不弃，是多么幸福。把自己交给集体，和集体一起分享，是多么

165

荣光。

　　如此，怕什么盐碱怕什么荒滩；怕什么寂寞怕什么孤独，只要心中有梦想，无论在哪里，都会恒久发光。

条子泥围垦

　　大海东退，谁怀着新的期待久久守望。

　　波浪不再，谁擎起新的梦想默默怀想。

　　繁星节节攀高，征服一切。走在回家的路上，你在回想过去，描摹你未来的模样。

　　那位赶海的少女哪里去了？那位打鱼的老爷爷而今又在何方？又是谁将你的命运托付给了这高高的河床？

　　飞翔的海鸥默默地不说一句话。此刻，苍茫中，你悄悄擦去咸湿的泪水，和海浪道别。我想轻轻地问一句，千年之后，是谁让你这般感伤？

　　是因为筋脉就是脚下的土壤，还是远退的海水坚定了你拔出脚步的力量？

　　迎着南黄海的风，今天的脚步变得坚定，隔着岁月，就能看到自己日渐丰润的面庞，往前走，从清新的空气中吸取足够的氧分，日复一日。

　　某一天，蓝天下，你有了一张阳光的脸，暗夜里，你有了一颗明媚的心。一种激情飞来，我幻想我的身体飞起，进入你的信仰，渴望感受你内心逼人的光芒，而后枝繁叶茂，珠玉满堂。

素笺上的水墨画

苏醒的记忆

时光洗濯着你的双足，从一块石碑上闪光的名字——小樊庄，读出你的前世今生。在《天仙配》传说中七仙女充满智慧的眼眸里，是谁善提笔墨，轻点几笔，你便柳摆枝摇生出羽翼，涌出淡淡稻香，闪出耀眼银棉。

这样的小村，小桥连着岁月，流水述说古今。从明朝樊姓三兄弟苏州大迁徙，到脚下的一粒沙、一滴水，在回忆里蜿蜒。留下遗风，被一次次旧话重提。在新开垦的菜园里奔涌热泪，正如你亮着的七十多盏路灯，从大地的触角开始，以秋天的名义，靠近你高昂的额头，潜入你的内心，感应你的体温，打破夜的沉寂。

农舍四周，纤尘不染洁净如洗，打扫清洁的农妇笑靥如花，丝丝垒起旅人的信念。沁人心脾的绿水，美得令人惊叹，摄人魂魄的蓝天，一下子记住那些流水的光艳，直抵生命最初的家园。

此刻，明艳的太阳，突然想要表白什么。

晌午的阳光照耀着正在晒玉米的八十多岁的老奶奶的脸庞，大哥大嫂在房舍旁的运动器械上，左右腾挪，上下翻转，儿童戏于道上，农妇礼让路旁。耕桑勤俭，义礼谦和，一切契合记忆，一切又超乎幻想。

原野之上，你年华果腹，步履轻盈，笑看沧海桑田，仿佛一株被闪电击过的树，内心变得通透，心静如水，守候天下最原始的风景。

惊悚的目光

轻轻地，弯下腰，把最美的理想种在黝黑的土地上，一切在诞生中诞生，舀出迷人的图案，舀出大地的心跳和惊叹。

哦，那就更走近一些吧，沿着大地的边缘攀登，探寻一段传奇的开端，去从一池秋水中取出我的童年和暮年。

然后，与白墙灰瓦的农家小院，池塘边绿而虬曲的大树，农舍四周低矮的篱笆，田野沉甸甸的稻穗，高举旗杆的玉米以及道路上辉煌的灯火，做一次久久的拥抱。

再从一朵棉花中，取出最原始的洁净与纯朴。

从碧绿的河水中，取出闲云野鹤的生活态度。

从绿化精品带、河滨风光带、人工湖、新竹园、景观草坪中，取出清新自然、和谐安宁。

再用老巷幽深，河塘清澈取景。草木翠绿，田园风光调色，以一池秋水作世上最自然、最廉价的墨，去描摹一幅浓妆淡抹总相宜的水墨画。

寻找天籁

随性在秋意中行走，秋意越来越浓，而我却在一张脸上，越醉越深。

有一个声音在喊："笨小孩，不要睡去，你要替我——记下，记下这些名字。你要帮我，为这个叫小樊的村庄的名字后面添上一笔，再往农家的灶里添一把柴火，让炉火再旺一些，更旺一些。"

于是，一群人走进农家，围在久违的大方桌旁品乡村美味，听村庄花开的声音，赏窗外田园美景。在农家老式旧藤椅上，唠叨一些陈年往事。

树下，铺着树影睡觉的黑狗，睁开眼睛，微笑着打量着我们这样一群陌生人。门前的池塘中，一群鸭子呱呱大叫，比小提琴粗放，比钢琴耐听，它们为你喊出最欢快最简单的语言。你说这是我怀揣的另一个隐秘的密码，最原始的天籁。

"不，是回忆的起点与阀门。"我说。

好吧，那就在昼与夜的分界线上，让小狗，让鸭子，让麻雀，让白鹭都坐在绿毯上，瞧着我们起飞，轻轻地绕着小桥、老树、农舍，飞出风的国度，飞向遥远的天际，去自由地丈量你最美最遥远的梦想。

而后，在静好的岁月中，慢慢老去。

农家乐

正午的阳光里，我终于靠近了陌生的自己。

哦，原来，在这儿，长条板凳最体贴，青花小碗最养眼，屋后菜园摘下的菜蔬色泽最明亮，味道最爽口。

此刻，舌尖是皇后，我的双手做天下最美丽的苦力，不停地挥舞，去猎取世上最养眼、最暖胃的美食。

纯朴的农妇端上城里难见的佳肴,她骄傲的目光,亲和的面庞,让我想起轻摇莲步的外婆,在用世上最特有的慈爱的目光注视着我。

这一刻,阳光突然像张糖纸贴紧我,慢慢溢出盘子、杯子、勺子、罐子,拯救我脆弱的味蕾。屋顶和屋顶互为谜题,互为阶砌,互相亲切地打量一切,摇曳的时光,从身边静静流过。

窗子驱动凉风,风吹帘动,趁着阳光,我昂首振臂,拽出渐渐迟滞的脚跟,随着筷子的节律,启动明明暗暗的幸福。

木牌坊

阳光载满果实成熟的气息,落在你结实的胸膛上。时光仿佛只是打了个盹儿,六百个春秋的光阴已经静静流过。

在你苏醒之前,生命已高高挂在了上方。

站在你的面前,花红叶脆,生命丰满,蜻蜓翩舞,在一片清脆的喧响中,魂魄出窍,难以附体。

祖先在远处呼唤,庄周在耳畔呢喃,记住这个名字,三垛热土,守住这扇窗吧,守住了你,就守住了康居乡村的最美家园;守住了你,就守住了微笑,守住了幸福。

云深不知处,绿处藏人家,把酒临风,三步成诗,一切暗语在这里都得到了证实。

对于一个小村,我只是匆匆过客,和顶天立地的你相比,我只有蹉跎半生的岁月,你却有声名远播的光阴。相同的是,我对这片土地有剪不断理还乱的景仰,你对这片热土有万千的牵念。

　　白驹过隙处，我只想化作一只飞鸟，栖于你的肩头，看心爱的万家灯火、万家炊烟，看丝瓜蔓一天天蓬勃，看饱满的大豆在阳光下粒粒爆裂，看飞驰的车辆从你身边驶过，神态淡定从容，思绪百转千回。

葵园野趣

　　朋友喜葵，于是在乡下置得一小屋，取名"葵园"。国庆长假，循着桂花浮动的幽香，到葵园寻秋。

　　葵园不大，占地半亩，偏于城市西郊一隅。鸳鸯瓦、青砖墙、小轩窗，主屋在前，后建偏房，东西各设一耳房，四合院内敞亮的天井，引清风、招日月、接天雨。

　　先我而来的友人带着孩子围坐于石桌旁，就着暖阳，慢慢地啜饮大红袍茶。一旁烤炉上烤着的肉，"滋滋"流油，散着扑鼻的香气，红红的火焰"舔"得孩子们的脸，闪着诱人的光。庭院里天光通透，盈满久违的烟火气，寂静得让人心动，遮住了低过

屋檐的光阴。

　　我像一个好奇的婴儿，用迫不及待的眼光，四处搜寻，不放过任何角落。在朋友的引领下，推开西门，满目清新，鸟鸣鹊啾、涓涓流水、杨柳摇风。金黄的向日葵幸福地开过，籽粒饱满，等待着收获。粉红色的木棉花，风姿绰约，临水照花。绿绿的法青、果树，星星点点，起伏摇曳。一畦畦菜地，豌豆、苋菜，群蔬荟萃，碧绿一片。

　　隐藏在木棉花下的蛐蛐拼命地聒噪，匍匐在香樟树上的螳螂闻声起舞，不甘寂寞的蟋蟀一曲欢歌，从春唱到夏，又从夏唱到秋。秋蝉在无奈伤感中，紧紧抓着柳枝"居高声自远，非是藉秋风"努力地引颈长吟，完成最后的使命。西北角一池清荷，花开过了，莲蓬采过了，已折戟沉沙，一头栽到水里，独自揣测着秋的心思。

　　厨房内，朋友挥刀操铲，从大铁锅的木锅盖内溢出诱人的农家菜香。朋友那做老师的先生在锅台后拾柴添薪，古色古香的老虎灶吐出长长的火苗。转眼间，一大桌农家菜端上了桌，一群人觥筹交错、推杯换盏。孩子们在桌旁边玩家家玩游戏，岁月如此静好，时光在此刻暖暖生香。这种氛围，这种安宁，应和了每个周末赶到葵园度假的友人，恬淡从容，宁静致远的生活态度以及另一种人生境界。

葵园，今天与你邂逅，便是机缘。在这里，远离城市喧嚣，我听着树上的蝉鸣，蟋蟀低唱。午后慵懒的阳光下，三四好友坐在石凳上，一起叨唠些家长里短，将一盏茶喝到无味。让一个人的浮世清欢，风轻云淡，一家人的日子细水长流，波澜不惊。

在秋虫唧唧声中，风从葵园的瓦楞上轻轻吹过，时光就这样渐行渐远。桂花迫不及待地远嫁给十月，与饱满结实一起走向成熟。喜欢葵园，就像喜欢上一个人，不需要任何理由。

有朝一日，我也会效仿友人，隐居乡野，竹篱茅舍，自在逍遥。在返璞归真的尘世，滤去浮世的纷扰，"心凝形释，与万化冥合"。一个人静静地将一首歌听到无韵，将一本书读到无字，将一个人爱到无心。

耳畔一个秋

　　秋的晨幕在闹声喧沸中打开，浅浅的池塘里斟满了一夜秋凉，她晃动着步子，渐渐地把池塘边的垂柳从墨绿咬成金黄，然后慢慢咽下，只留一根根骨骼在风中战栗，路边的黄花醉得正好，秋水装着花的醉片，在静静流淌，随意飘摇，密密地针织着秋的心情，用细腻的情感来描摹一幅秋天的水墨画……

　　秋声悄悄挤进门的缝隙，浓浓的秋意已挤破屋子，秋天总是和风雨结伴同行，一场秋雨将它渲染得更加深邃，墨绿被秋雨不断地稀释着，一个久违的声音让心为之一动，好久没听到那些梦里陌生而又熟悉的声音了，推门开窗，秋色迎面扑来，再也无法经受它的诱惑，索性信步向家附近的公园走去。

　　在秋虫的唧唧声中，野菊黄了，就这么一丛两丛，吸引着我的眼睛；枫叶红了，就这样一处两处，再看那荷叶，只剩下一声叹息了。花开过，莲蓬采过，那些曾经遮天蔽日的青荷，也大都折戟沉沙，栽到泥水中了。只有几茎残荷在秋风中坚守，不胜褴褛。因为好久不来，荷老了，真的老了。突然心生后悔，"小荷才露尖尖角"的时候，为什么不来？"接天莲叶无穷碧，映日荷花别样红"的时候，为什么不来？

　　走在透过云层霞光的林间曲径，如同独自行走在乡间的小

176

路，享受到了另外一番情趣。湿漉漉的石板路淋漓着的模样，黑黑的，被路边的草半掩着，显得很静谧。草籽上一穗一穗的水珠，细细密密地团结在那儿，它压弯了草秆，路边茅草伸出的苇子，被点点的雾花点缀着，像一条狼尾显得很沉重。最可爱的是路边不知名的野花与狗尾巴草缠绵在一起，相互支撑，青青的茸茸的草籽上布满了小水珠，因着它们相互搀扶，才没有弯曲着低到地里去。秋的温度，就这样在一场秋雨里渐渐地降下去了。

树上的梧桐叶在空中打着旋儿，一片片悠悠地脱落，大树立刻显得轻松起来，虽然无风，仍然听得沙沙一片声响，仿佛春蚕吐丝般，忽然间发现一片显得与众不同的梧桐叶悄悄地落在我的肩上，它比一般的叶片儿小且绿些，细看分明是一片新叶，上面还带着几点晶亮的水珠，也许是夜间的那场秋雨留下的吧，兴许是她无法言传伤心的泪珠儿，这是绿叶对大树的情意，对大树的留恋，对生命的热爱，它在这一刻却心甘情愿地把一切献给了秋天，此时不得不感动于她的坦然和无悔。

　　我怜惜地捡起这片带泪的绿叶，总说一叶落而知秋，虽知经过一夏的热烈、张扬，万物都需要休养，心情便也有了更多的平和。我默默将它攥在手里，一抬眼，太阳已透过云雾露出半个脸来，天空飘着的缕缕云丝，让思绪如没有牵挂的纸鸢飘飞起来，突然怀念起儿时乡村的炊烟，那青色的瓦片上漫上一层很淡的烟雾，老家屋后的银杏叶也许凋谢了，它轻轻地掉下来，悄无声息地躺进瓦沟里。

　　池塘边农人已开始采摘莲藕，人们从残荷的根部掘出一节又一节白藕，几个妇女忙着在塘边洗去周身的污泥，霎时，周身洁白、晶莹圆润的莲藕便呈现在眼前，我惊叹不已，那破败的残荷原来是最富有的哩。只为春华秋实，它至死不渝，守候着的，便是它一生积聚起来的最珍贵的东西啊！

　　宋欧阳修《秋声赋》里这样描写道："噫嘻，悲哉！此秋声也！胡为而来哉？盖夫秋之为状也，其色惨淡，烟霏云敛；其容清明，天高日晶；其气栗冽，砭人肌骨；其意萧条，山川寂寥。故其为声也，凄凄切切，呼号愤发。丰草绿缛而争茂，佳木葱茏

而可悦；草拂之而色变，木遭之而叶脱；其所以摧败零落者，乃其一气之余烈。"欧阳修笔下的秋色，惨淡，烟霏云敛；秋容，清明，天高日晶；秋气，栗冽，砭人股骨；秋意，萧条，山川寂寥。也许是凡文人墨客提到秋天，总把它与一切凋零肃杀联系起来，也就成了凄凉的象征。"枯藤老树昏鸦，小桥流水人家""剪不断，理还乱，是离愁，别是一般滋味在心头。"因为它预示着冬天即将来临，然而它何尝不是预示着金色的丰收呢？其实我喜欢在这丰收的季节中徘徊，它使我能静下浮躁已久的心，去静静地欣赏秋天那美丽的胸怀……我贪婪地呼吸了几口诱人的空气，真有点"悠悠心会，妙处难与君说"的感觉。

阵阵悦耳的乐声从远处飘来，只见一只雪白的鸽子落在一位鹤发童颜的老者手上，老者腰间佩着一支长剑，长长的红缨子在阳光下显得特别耀眼，一群老年男女伴随着悠扬的乐曲声悠闲地舞动着手中的长剑，彩扇翩翩，笑语盈盈，我好想拿起画笔画下这瞬间美好，画下这幅人生之秋的风景画，谁说秋天只代表肃杀凋零，目下不正秋声盈耳，秋意无边？天蓦地高远。秋显得成熟而干练，她没有春的娇羞，也没有夏的火热；更没有冬的内敛，但她却有着春一样的可爱，夏一样的热情，冬一样的迷人。这一切都是因为那一份从容、一份淡定、一份高洁，才有收获的喜悦，才使冬的孕育、春的萌发、夏的耕耘有了甜蜜的结果。

人生自有痴情处，此情不关风和月，秋天是一个收获的季节，有人收获无花果，有人收获孽海花，有人收获满仓黄金。时光如水，凝重的秋转眼即逝，秋给我们的人生注入了诸多情感色彩，何处焉有愁，耳畔一个秋。

魂断扬州

———

　　帘卷晚天，朗星寂寂。猎猎夜风吹得城头上大明朝的旗帜，霍霍响动，摇摇欲坠。站在360多年前扬州城4月24日的那个春夜里，手握宝剑，身披盔甲的大明朝兵部尚书大学士督师史可法，带着副将登上城墙，神情凝重，眺望远方，城外，兵临城下，十万清军距扬州城二十里处安营扎寨，大军压境，虎视眈眈，攻城在即。

暮色沉沉，思绪袅袅。凝望城中灯火渐渐阑珊，瘦西湖一泓曲水宛如锦带，如飘如拂，时放时收，神韵清雅。白塔擎云，石壁流淙，春流画舫，万松叠翠，繁花似锦，烟柳画桥，波光流转，此时、此地、此景、此情，管弦丝竹，歌舞升平，美轮美奂，一派看不透、望不尽的阳春烟景。然而，二十四桥今夜月不在，玉人吹箫今何处啊。肩负重任的天涯羁客望断蜿蜒曲折，清瘦秀丽，含蓄多姿的瘦西湖，犹如一幅国画长卷。极目眺望，万里长江静如练，江南青山翠如屏。面对这片锦绣河山，即将被北方野蛮民族的铁蹄践踏，他内心如焚，万分惆怅。

雾锁楼台，弦月凝空，瘦西湖长堤垂柳依依，画舫桨声击打着他的情思。婷婷白塔，粼粼波光洗练着他的愁绪。依岸山庄，傍水草堂，阵阵夜风放大着清兵的人嘈马嘶声。

此次督师扬州，由于左良玉率数十万兵自武汉东下"清君侧""除马阮"，谁知，马士英竟命史可法撤退所有的江防之兵以防左良玉。他只得日夜兼程抵达燕子矶，从而导致淮防空虚。左良玉为黄得功所败，呕血而死，全军投降清朝；他奉命北返时，盱眙降清，泗州城陷。而当他再抵扬州时，四面楚歌，孤军无援。

援救的信发出多天了，但至今未见一兵一卒，史可法清醒地意识到，只有依靠城中军民，孤军奋战了。此时，城中居民推车、提篮、人担、肩扛，给史可法的抗清大军献粮送水，一位老伯将还冒着热气的晚餐送给他，他握了握老伯的手，然后行至一个年纪稍大的士兵身旁，递到士兵手中，并脱下身上的战袍怜惜地披在他身上，然后轻轻地拍拍老兵的后背，神情严肃，黯然转身。

在军中，谁都知道史可法重情信义，不求声誉，体恤民情，

　　为政尚简，纲目不乱，平时和部将、部卒同甘共苦，同吃一锅饭，共睡一张床，行军中总是等所有士卒都吃到饭他才肯吃，天凉了等士卒都穿上棉衣他才换棉衣，所以很得军心，将士们都愿听他指挥，为国效命。

　　据说有一次大年夜，他把将士都打发去休息，自己独自在官府里批阅公文。到了深夜，疲劳至极，腹饥难耐，叫来当班厨子，要点酒菜。厨子说："遵照您的命令，今天厨房里的肉都分给将士去过节了，下酒的菜一点也没有了。"他说："那就拿点盐和酱油下酒吧。"厨子送上了酒，他就靠着几案就着盐巴酱油喝起酒来。史可法的酒量本来很大，到扬州督师后，因为军务在身，就戒酒了。

　　这一天，为了提提精神，他破例喝了点。当他拿起酒杯，突然想到国难临头，想起了朝廷里面那些王公大臣只知道钩心斗角，不问国事，心里愁闷，潸然泪下，不知不觉多喝了几盅，带着几分醉意，他伏在几案上睡着了。

　　在梦里，他看到了自己恩荫入仕前那个冰天雪地中，在一座古庙里遇到先师左光斗的情景，梦里先师用慈爱的目光注视着他，轻轻脱下貂皮裘衣盖在他身上，并为他关好门。又梦见到考试场上，先师左光斗惊喜地注视着他呈上的试卷，而后用笔在上面批点他为第一名。接着又梦到了先师召他到内室，让他拜见了师母左夫人，先师对左夫人说："我们的几个孩子都平庸无能，将来继承我的志向和事业的只有这个书生了。"他万分激动，心潮难平，大呼先师，然而醒来身边空无一人。他知道，此刻他的梦是真实的，而先师人却早已为奸党所害，他想到这也许是先师在托梦给他，要他护好扬州城，重振祖国江山。然而，面对先师

的万千期望，他倍感无力和惭愧，泪流满面，悲愤交加，仰天长叹。

　　他叹空有横溢的才华，却宦海沉浮，际遇峰峦叠嶂，一腔抱负，无法施展。他叹清兵围攻扬州数日攻城不下，紧急檄文发出几天，调兵兵不至。他叹扬州屡遭兵燹，历经兴废的命运，眼下虽然日夜奋战，疲倦劳累，却是城孤势单，无力回天。他叹被马士英等人排挤，失势之师督师江北，前往扬州统筹刘泽清、刘良佐、高杰、黄得功等江北四镇军务机宜。然而，四镇因定策之功飞扬跋扈，各据地自雄，朝廷无力管束，致使明军非但无力进取，连抵抗清军南下都无法布防，不得要领。眼下他节制下的刘良佐和原高杰两藩的将领不战而降。接着高杰部提督李本深率领总兵杨承祖等向多铎投降，广昌伯刘良佐也率部投降。他叹大明朝昏庸无能，权臣当道，腐朽没落。

二

剑气凝霜，夜凉似水。由于扬州城墙高峻，清军的红衣大炮一时半会还没运到，多铎劝降信一次次飞至，史可法一次次退回。他利用这个时机整饬军队，修筑城垣，对军民晓以民族存亡大义，激励军民固守孤城。

其实史可法是个有才能的人，南明朝廷也确实很想重用他。然而自古以来，文人就是政客手中的一枚棋子，史可法是典型的文人出身，有着文人固有的愚忠。南明政府中本有两派，拥立福王的立亲派和拥立潞王的立贤派，史可法本欲拥立潞王，他写信给马士英说，福王"贪、淫、酗酒、不孝、虚下、不读书、干预有司"等七不可立。由于行事犹豫，被马士英占得先机，不得已的情况下同意马士英等人立福王为帝。因为那封信成为对方的把柄，最后被排挤出朝廷。

福王刚刚在南京监国时，拜史可法为首辅大臣，但是由于马士英觉得自己拥立有功，却没被封首辅之位，于是煽动南京周边军队哗变，逼迫福王即位封臣时将自己改封为首辅，而史可法只落得个东阁大学士之职。而福王不重用史可法的另一原因，则是因为其父老福王乃万历之子，当时万历宠幸郑贵妃，欲改立老福王为太子，是东林党人全力阻挠此事才没能成功。现在的南京城中，东林党人以史可法地位最高，福王自然不会忘了这件事儿，因而有意渐渐疏远他。

怀才不遇，人生不得志，并没有让他失去保护大明朝的职责。此刻，最令史可法懊悔的是当初清军入关，李自成的大顺军虽被赶出京城，但仍有相当大的势力。南明视清军为虏，视李自成为寇，然而怎样处置两者毫无章法。最终在"虏寇"之间选择了"款清荡寇"，希望联合清军消灭大顺军李自成。希望能够借助清军的力量，先剿灭李自成势力，再另作打算。然而南明朝旧党争议不断，文武官员之间互相钩心斗角、争权夺利。东林党与马士英、阮大铖之间的矛盾重重。姜曰广、高弘图、刘宗周等人的辞官，朝廷无法同仇敌忾，齐心向外。史可法和大明朝一些臣子的这一方略因此给弘光朝种下彻底覆灭的恶果。

一失足成千古恨，人生从来没有后悔药卖。"联虏平寇"引狼入室，惹火烧身，让史可法自责万端，当多铎让他背叛明朝时，他给多铎回信时态度非常坚决："可法北望陵庙，无涕可挥，身陷大戮，罪应万死。所以不即从先帝者，实为社稷之故也。传曰：'竭股肱之力，继之以忠贞。'"他引经据典，通篇语

气铿锵，他引用了汉昭烈帝、晋元帝和宋高宗的典故，引用了汉光武帝和唐肃宗的史事，考虑到南明力量不济，绌于应对实际，史可法的书信抓住了安宗继统的合法性的大问题，在局势完全不明时做到了不卑不亢、有理有节，表述了自己绝不叛国的决心。

<h1 style="text-align:center">三</h1>

　　隔日傍晚，当多铎诱降书像雪片一样第五次飞至时，史可法拿到劝降信看也没看，就严词拒绝，撕得粉碎，愤然投入护城河中。然而，屋漏偏逢连夜雨，扬州城内守将总兵李栖凤、监军副使高岐凤率部出降，试想当时他以一万部将对决十万清兵无疑是以卵击石。于是，他持笔给母亲和妻子写了一封绝笔信，说："死，葬我高皇帝陵侧。"身处绝境的史可法心中极为矛盾，他给妻子的遗嘱中写道："法死矣。前与夫人有定约，当于泉下相候也。"作为大明的臣子，他想到的是忠于国家，至死他都没忘记那个腐朽没落的朝廷。但作为儿子和丈夫的他，想到的是生不能与亲人团聚，死定要共处一室。人生既然忠孝不能两全，那就选择效忠国家吧。

　　硝烟纷飞，炮声隆隆，多铎诱降不成，下令攻城，红衣大炮像一条条吐着红红火舌的毒蛇，持续不断地狂轰滥炸，一炮一条血路，一炮一片号啕，一炮一堆灰烬。大明士兵精疲力竭，纷纷倒下，血溅扬州城。眼看守军越来越少，史可法亲率部属分段拒守，精心设防，亲守西门险要，奋力抵抗，誓与扬州城共存亡。面对局势，他再次想到了死亡这个话题，他想到既然死亡是无法避免的现实，自己人生的最后一场戏将要在扬州上演，那么就要轰轰烈烈去赴这场盛宴，他拿出笔来给爱妻写了最后一封信："法早晚必死，不知夫人肯随我去否？如此世界，生亦无益，不如早早决断也。"面对战局，面对无援孤军，他从来没有像现在这样，对现实世界深深厌恶。对时局看得如此清楚，他知道无论是他个人，还是他所尊崇的南明朝廷，都很快就要灭亡了。正是在这种绝望的情绪中，史可法已经准备好宁为玉碎不为瓦全了。

四

刀光剑影，杀声震天，清军红衣炮火越轰越猛，六天六夜的激战之后，"城上鼎沸，势遂不支"。扬州城墙被炸出多处缺口，大批清军潮水般涌进城来，史可法一边指挥军民堵缺口，一边奋力厮杀，然而，孤军无援，寡不敌众。转眼间，大明部将身首异处，血流成河。史可法看回天无力，城将失守，此时，他仿佛看到了被缚在烧得通红的铁柱上，经受炮烙的先师左光斗口吐鲜血，大义凛然怒骂奸党的情形，仿佛看到了受刑后的先师靠着墙坐在地上，脸和额头烫焦溃烂不能辨认，左边膝盖往下筋骨全部脱落，眼睛睁不开，举起胳臂用手奋力拨开眼睛，闪着如炬的目光，看着他说，生当作人杰，死亦为鬼雄。此刻，他知道自己该怎样去做，他奋力拔出佩刀往自己脖子上抹去。然而死并不是一件容易的事，一刀下去，自刎未死，他命令副将史德成帮他补上一刀，而史德成见状，大声痛哭，不敢仰视。

一心报国无门，一腔希望渺茫，一剑心如纸灰。

　　在部属护拥之下，史可法从小东门走出，然而，城池外到处是蜂拥的清兵，当他走到小东门时，见军民惨遭清军屠戮，他随即挺身而出，大呼道："吾史督师也！万事一人当之，不累满城百姓。"这位人称史阁部，谥忠靖，令清人闻风丧胆，叱咤风云的一代忠臣，不幸被俘。

<h1 style="text-align:center">五</h1>

　　一个没有才能的人，永远得不到别人的喜欢和尊重，史可法被俘后，努尔哈赤的第十五子多铎以先生称呼史可法，亲自出面劝他降清，却遭到史可法的大骂，说："吾朝廷大臣，安肯苟活？城存与存，城亡与亡，吾头可断，身不可辱。"多铎这样一位骁勇悍将也恭称史可法为先生，他的忠烈让所有人折服。

　　由此可见，作为文人的他就没有像同样为文人的另一位明末重臣洪承畴那样，头上插上风向标，随机应变。据说，松山一战洪承畴被俘而降清。有趣的是，洪曾自称"君恩似海，臣节如山"以表示自己忠于大明的决心。洪承畴降清之后，崇祯以为他战死了还隆重地祭奠他，不久却传来洪承畴投降的消息，崇祯不禁大失颜面。对比忠心耿耿却被他凌迟的袁崇焕，如此昏庸的君主岂有不亡之理。亏他还好意思说："朕非亡国之君，臣皆亡国之臣！"后来，有人在洪承畴的话后面加了两个虚字，成为一副对联来讥讽他："君恩似海矣，臣节如山乎。"相当巧妙。

然而，洪承畴的文治武功显然在史可法之上，一个能而不忠，一个忠而不能，历史就是这样造物弄人。

时光不断地刷新记忆，不断改写一切，360多年前的扬州城成为百姓涂炭、英雄断魂的沙场，就在那个春光明媚的季节里，史可法在扬州从容就义。自古繁华的扬州城也由此失守，城池的溃败成为大清王朝涂炭生灵的开始，成为震惊中外的"扬州十

日"的突破口，同时也铸就了气吞山河的民族英雄史可法。

因为史可法的英勇忠烈，扬州成为史上江南顽强抵抗清军的第一座城池，也是清军入关以来首次军民一体坚强抵抗的一座城。时有言其未死奉其名号兴兵抗清者。如此，为了对扬州人民进行报复，也是清政府想杀一儆百，多铎下令烧杀抢掠持续十天，历史上把这件惨案称作"扬州十日"。

"数点梅花亡国泪，二分明月故臣心。"后人于扬州城北梅花岭畔建"史公祠"及其衣冠冢的史可法祠墓，恢宏威严的"史公祠"如今已成为省级文物保护单位，省级爱国主义教育基地。青冢历经几百年，巍然屹立，永恒不朽，举国上下莫不推史可法为英雄，尊称史阁部，其声名尚在炮毙清太祖努尔哈赤的袁督师袁崇焕之上。

扬州自古因诸多文人吟诵有了美名，却是因有了史可法的忠烈而有了灵魂。清乾隆帝弘历南巡扬州时，因当年"扬州十日"屠城过于惨烈，为顺抚民心，抱着怀柔之心，他来到史可法墓前吊唁，追加史可法"忠正"的谥号，并亲书"褒慰忠魂"四字。如今，走进史公祠，人们仍能从祠内尚存的四字拓片中品读出英雄刚直不阿的精气神，勾起无限回忆。

"风萧萧兮易水寒，壮士一去兮不复还。"生命终将是荒芜的渡口，谁都是过客，然而，人生只合扬州死，唯史可法死得其所，精神永存，名垂千古。

梦里水乡

　　人间四月的水乡，万花盛开，草木葳蕤，蝶栖燕语，用小桥、流水、飞花这样的字句来形容是再恰当不过的了。

　　故乡的河水与运盐河、大运河和长江息息相通，她常年滔滔，日夜不停地流向远方，带走了水乡儿女的童年，也带走了水乡儿女的梦想。故乡的河水裹着岁月的风风雨雨，蜿蜒而下，把个水乡人家滋养得人丁兴旺。

　　故乡的小河常年流淌着碧清的浅水，忽窄忽宽，它身下，有

时是黏稠的黑土，青绿色的水草，被它冲刷成熨帖模样；有时是密集的细沙，拥挤着彼此之间的缝隙，又疏离着彼此之间的距离；有时几行墨黑的蝌蚪，连绵地扭成一条深色海带，招摇在河床的中央或边缘；有时是几尾淡鱼，灰白的躯体灵活地穿行在水草中间。而岸边茂盛的芦苇则肆意地向河里伸展，两岸绿树掩映，芦苇丛生，郁郁葱葱，岸边古树盘根错节，紧紧抓住两岸的泥土，让人有一种发自心底的沧桑感，却也产生出一种坚韧的力量感。一叶轻舟穿梭于碧波，稍不留神，河便逼仄成一湾细细的暗流。几只野鸭时而低飞于水面，时而嬉戏水中。河湾边的小村落里，袅袅炊烟和着鸡鸣，昭示着水乡人的日子正一天天地向上。

四月的水乡小城，桃柳依依，曲院荷风，莺歌燕舞。城外河水滔滔，城中水光潋滟。雨织雾蒙，清明灵秀，这枕水的小城，因着地势高而名为东台。范公堤、串场河，诗里、词里、曲中，晏殊、吕夷简、范仲淹……远远近近，缠绵、伟岸就都有了。

水乡之风韵绝难离了这水韵，水是一座城的魂，城是要有水来陪衬其悠远的，正如美人香腮要有胭脂的点缀。品一城之韵就如品茶，没有静默恬淡的性情是体会不了那幽深的。历史乃河，剑影刀光不免沉淀，从无名的朝代诞生，经过春秋，经过汉唐，经过宋元，经过明清。而百姓平民中流传的"董永故里，仙配福地"却生生不息地传承下来。

顾名思义，水乡河多，桥自然就多了。纵横交错的河水将村庄割成碎片，桥又将碎片一小块一小块连缀起来。于是水乡便有了一气呵成的流畅气度。

水乡的故事，多半也都是在桥上发生的。西湖上许仙与白娘子的断桥早已成为经典场景，杜牧所感叹的扬州城里"二十四桥明月夜，玉人何处教吹箫"却是别样的境界。在如水月光的照耀下，有了管弦的伴奏，水乡的桥如此皎洁和安静。不喜欢喧闹的话，就在水乡里随意走走，沿着青石板路或者坐在船上悠悠而行，抬眼总能看到一座座桥，玲珑地、轻巧地横于碧波之上，造型多是单孔或者简单得不能再简单的石板桥，转水桥、八字桥、盈宁桥、星月桥，路过时不会觉得惊艳，然而在风景中却不可或缺——要的就是这简单宁静的格调。小小的村庄和田野就有数十座桥，每一座桥都是一幅美丽的图画。"船从碧玉环中过，人步彩虹带上行"，"上下影接波底月，往来人渡水中天"，走在桥上，人便融入诗情画意中了。

暖暖的午后，会闪过一片片粉红的衣裳。绾了高高发髻的女子，娉娉婷婷、婀婀娜娜地从阳光里走出来，蹲到清澈柔顺的河边，一时间，银铃般的笑声高一声低一声地招喊出更多着花衣布褂的女子前来，一筐又一筐红红绿绿的菜在水中轻漂，漂着的还有女子们雪白的手，男子们健壮的臂，一些笑吟吟的满足便在天地中徘徊不去了。船来了，有健壮船夫撑篙点波，轻舟如梭、柔橹如梦、温香软语、巧笑倩兮，一河清流如酒。画面，带着旧日里棉布衣服的柔软服帖与淡淡的香气，便是世界上最无法抗拒的诱惑。道是："南望烟墩春水暖，一声柔橹一销魂。"说话间，水动波摇、琴箫和鸣、晨岚晓雾、夜风星月，莫不入曲，曲曲动人心弦，让多少水乡男子为之醉在这温柔的梦中，从此不想醒来。

清清河水边，幢幢粉墙红瓦的宅子，错落有致，或依河立楼，或骑楼为榭。房舍倚靠，连排成街，顺河逶迤，石桥相连，看不出什么刻意的章法，却因自在随意而有一种说不清道不明的亲切与舒服。有了"杏帘招客柳荫后，行舟停棹绿水前"的意境；

夜里，疏密有致的灯光映出另一个桨声灯影里的迷幻水乡。

夹岸的菜花则更是把人的魂魄摄了去，那纯正得令人起敬的金黄，随着河堤的弯曲，不知绵绵地伸到哪里去——或许是天边，抑或是离人的心上？然而那太阳一样的颜色，却把整个春天都染透擦亮了，就连人们的眼眸里，也洋溢着灿烂的金黄，时有轻风吹来，送来远处缥缈的歌声，犹如从另一个宇宙里传来的天籁之音，叫绝的是那菜花的芬芳，使整个天地都变成了一个装琼浆的坛子，叫万物都沉醉在里面，如梦如痴。

水乡，是该有一抹清香暗藏的。它落在青板石桥旁，待你归来时，悄然爬上你的衣角，飞上你的眉梢，钻进你的肺腑，让你不由得放慢匆匆的脚步。这时候，风也轻柔，云也淡远，那些久远的记忆，沉浸在这个风柔云淡合成的散韵里，让人不由得心生赞叹，水乡之美，让水乡所有儿女为之守望下一个轮回，好想化作水之湄的芦花，将思念化为苇篱，植根于水乡，生生世世，永远守候水乡的梦。

思也水乡，梦也水乡。

秋韵和声叩帘栊

秋，穿越了夏的热烈与躁动，踩着岁月的鼓点轻叩帘栊，瞬间挤满大大小小的屋子，大地在暖暖的风里，渐渐泛起暖色的金黄。

恰天高云淡，裁出一段秋风，挂上眼角眉梢，也挡不住出门赏秋的意兴。于是，拈一片秋意，挂在衣角，行走在乡间的青石路上，在渐起渐落的音符里律动成两个字的小令，悦耳、动人、

风情。

秋风染黄了梧桐第一枚叶片，默默地挥别还在浓绿的众兄众弟，挥别给予它生命的枝头，寸寸陨落。积雪草密密匝匝地铺满一地，落实在叶底藤上悄悄结着珊瑚珠般的红果，或许俏皮了，攀爬上那水边虬螭的香樟树干，一路绿到了树梢。暖阳笼罩的秋只是颜色显得暗沉了些，却更浓厚了。绿到成靛，似要倾吐出些蓝来，风一吹拂，才瞬间染上一层胭脂色，流光里它如一只金色的蝶，凄美地划向大地。那红色，似能滴出血来。秋，便在另一枚叶片老去的光阴里，渐渐延伸。

总以为秋风之后，那池莲早该辞岁，却不料，烟雾氤氲之下，荷花虽开得颓败减色不少，却依旧有莲叶田田。倾身去闻池塘里由荷长成的莲蓬，一缕残香淡淡地在风中弥漫。那莲未开时或含苞欲放时称为荷，开得大方起来，开得绚烂起来，开得肚子微微隆起，便叫作莲了。荷是姑娘家，如今荷长成了莲，想必莲就是许了人家的少妇。赏尽繁花，赏尽妩媚和矜持，褪却光鲜后渐成的枯黄却寓着一种禅意。那是静美，是被岁月涤荡后从容的心境。荷与莲其实也都是一人，只是身份不同罢了。莲比荷多了份沧桑感，所以她是有心思的，没人能懂，只默默把那份沧桑刻进了骨子里，由不得她不成长。那份成熟的韵味之美，是一种清冷的快感。此刻若和着江南丝竹，泪便会落下来，心窗被叩开了，彻彻底底，能看到水下藕样的影子。

水边栽的垂柳，和"岁寒三友"松梅竹相比，垂柳好像不被文人墨客们看好，还在没心没肺地绿着，然而绿得很经典，或翠绿，或淡紫绿，让人想起贺知章的《咏柳》："碧玉妆成一树高，万条垂下绿丝绦。不知细叶谁裁出，二月春风似剪刀。"写的是早春二月的柳，碧玉在古代文学作品里，几乎成了年轻貌美的女子的泛称。这秋天的柳，依然是碧玉妆、绿丝绦，端的是一位千娇百媚的迟暮美人。偶尔打这经过，看翠绿的柳枝轻拂，再阴郁的心情，也会豁然开朗。

桂花是最不张扬的植物，大小适中，终年常绿的叶，永远葱郁一树。而那花，也是小而零碎，素嫩的黄色，虽有金银丹桂的区分，而颜色或有深浅，但是，遥望去，依旧是一树绿色。沁人心脾的香气却不断溢出来。想来它不开花，不带香气时，默默地伫立在道旁屋后，谁会去注意它，谁会去夸奖它呢？月季依然饱满鲜艳，花香袭珠帘。鸡冠花还在悄然地开放，大朵大朵的艳红，俗也可耐。草丛里的蒲公英，储满一仓洁白的伞，正等待着丽日下启程，飞向比远更远的远方。

水稻和玉米在温和的润泽里，悄悄地成长。那棵矮胖的老树上，结着今年的柿子，像一盏盏高高挂起的红灯笼，将日子照得透红透亮、活色生香，那张喜悦的脸红得又像一个待嫁的新娘，一生一世都结着低调的果实，心中一直掩着一个宝石般的梦，笑而不语，目光似暖暖的秋阳，纯粹、干净，不染半点尘埃。于是懂得，无论岁月是否有沧桑，心中都应有信念。信念是生命中的

太阳，心中有个太阳才可以承载灵魂的信念，心才会有方向。

想起每年金秋赏桂的时光，都会约三五知己烹茶煮酒，吟诗唱曲。风起处，叶落萧萧，知名的不知名的花絮落了一头一身，然而谁也不忍心将它拂落。因为四季更替，生命必然地存在，多么自然的事情，所以秋的季节道是无情却有情，"自古逢秋悲寂寥，我言秋日胜春朝"。看看人家古人刘禹锡心态多好！

沧澜之下，霜叶点染，兼层叠娇花嵌缀。本是秋阳无奈时，却惊醒十月小阳春。双双燕剪柳，对对莺泣花。地上虽铺开一片青绿，却绵延浅淡，秋韵无边。季节从容的容颜里写满的是没有一丝矫饰的纯真。薄如蝉翼的花瓣脉络里流动的岁月从眼角浅浅溢出，在一双布满皱纹的手中握着比磐石更坚固的信心，枯黄咀嚼起来不只是涩一种味道。拄杖而行，身边那个人永远是最冷时的温暖，阳光灿烂时被我们忽略。坐在花瓣上看世界，万般只是擦肩和携手两种。从擦肩到携手，只走过花开的一季，而枯黄到凋零才是携手走过的岁月。

栖居福地

　　婆娑的翠竹，千年的古树，碧绿的河水，或许从没有人真正地凝望和触摸过它们，或许阳光和雨露只是偶尔打身边经过，这里就长成一棵棵葳蕤的大树，福荫着人丁兴旺的乡村，一切正如这个叫作临塔的村庄一样，有了自己的形象，有了自己的故事。

　　离临塔村虽不远，也多次来村采访，却从未把目光专注地投向这里。虽心也想念，然俗务缠身，来去匆匆，却不能在这里久久驻留。这个周日的上午，我终于能够安安静静地站在这个小村

村头，细细地打量，静静地思考，是什么让这个小村如此清明灵秀，声名远播，是她的妆容、内涵、人文，还是风景？

村支书在前面带路，穿过一排排蓝瓦粉墙的农民公寓别墅区，一方池塘像一面镜子嵌在群楼之中，虽然时已深秋，但池塘边的杨柳还没心没肺地绿着，一群野鸭在水中扑打着翅膀，溅得水码头上淘米洗菜人一身水花，但他们不愠不恼，面对我们嘻嘻一笑。小狗一点也不怯生，抢在我们前面欢实地蹦跳凑热闹；儿童挣开老人的手，在道旁自由地嬉戏；荷锄的农妇见到陌生的我们，彬彬微笑，礼让路边。

"榆柳荫后檐，桃李罗堂前，暖暖远人村，依依墟里烟，狗吠深巷中，鸡鸣桑树颠。"面前的景象，人与自然，和谐相生，天人合一，不正是诗人穿越千年，对这个小村最贴切的描绘吗？

走上青砖小桥，脚步不紧不慢地叩打着桥面，桥下的这条河，亘古以来人们靠渡船摆渡而过，在今年的农村环境综合整治过程中，村里建成这座横跨东西、古色古香的砖桥，让天堑变成通途。村支书娓娓地述说，我们会心地倾听，感受着临塔人向上的心灵，朴实的笑容，心也跟着来到了小桥流水人家的地方。

原来小村不过几里，历史已过千年。临塔，顾名思义，地处宝塔之侧，身濒海春轩宝塔，怀抱泰东河水。据说当年董永七仙女一不小心，将爱情神话留在这里，如今，这里还有当年七仙女离别董永到天庭生子后，再回到人间送子给董永的地方，留下了"舍子头""抱子桥"一个个流传千古的地标式的名字。因此，溪光塔影里，被古老运盐河滋养着的临塔村，个性里充满了水的圆润。

若随意在小村沿着河畔走走，就会生出无限意趣。水边，百

年铁榆、杨树，遒劲虬曲，努力向上生长；千年油柞，高大的国槐走完一季，骄傲地展示千年岁月，果实一天比一天饱硕；桑梓河畔，碧波之上一棵百年老榆树根上，长出一棵高大的桑树，桑树涉水而居，榆树临空而长，两棵树的树根相互交错，傍在一起吸纳天地日月之精华，日日强壮，年年蓬勃，村里人看到它俩盘根错节、相互滋养、相亲相爱的样子，便为它们取了个好听的名字叫"桑梓情深"。由此，我联想到临塔人根植于故土，默默耕耘、相互依存、勤劳奉献，享受和谐安宁的生活状态。由此，我还想起兰若说过的一句话："只有心无挂碍地付出，才能懂得帮助的含义，若有期待，必怀失落。若有勉强，必遭痛击。"感谢这一对树，它让我懂得什么叫无私奉献，什么叫相辅相成，什么叫情真意切，什么叫地久天长。

　　这一刻，触动我的不仅是心灵，还有这个小村散发出的精致人文，自然品质。临塔啊临塔，我们前世一定相遇过，不然，今生你怎会给我如此的惊艳，如此摄人魂魄呢？

　　是的，江苏最美乡村，盐城只有两家，临塔居其一，一定是有它的道理的。所以，乡村的美最重要的是它自然的品质、真实的自我以及适宜人居的生态环境，没有什么胜于它，那是一封永不过期的自荐信。

　　临塔，自然品质上乘的生态栖居福地。